河合ブックレット 35

# アートを通した言語表現

——美術と言葉と私の関係

宮迫千鶴

河合文化教育研究所

# もくじ

## II

# I　アートを通した言語表現

## ——美術と言葉と私の関係

宮迫千鶴

こんにちは、宮迫と申します。今日は、絵の話を中心にすることになっているのですけれど、おそらくここにいらっしゃる方は、それほど私の絵をご存じないと思うのです。私自身、いま、「アート」ということ、あるいは自分のテーマというのが、必ずしも美術的な作品だけというふうに限って考えておりませんし、私がやってきたいろいろなことをお話しすることのほうが、たぶん皆さんとの接点もあると思います。今日は、そんなことをお話ししようと思って参りました。

## 「普通に生きる」ことから隔てられて

私はあまり自分のことをアーティストだと思って、意識的に行動していることはないのです。ただ、自分にとってある種のアートがなぜ必要か、自分はいつごろからアートが必要な人間だということを自覚したというか、意識し始めたのか、ということについては、自分でもよくわかるわけです。

私が、なぜ自分のことをアーティストとしてあまり意識したくないかといいますと、よく自分はアーティストなんだ、という意識過剰なアーティストの人がいまして、そういうタイプの人間が私はあまり好きではないのですね。それに、私はごく普通に生きようと思っていたわけです。子どもの頃から。ところが、私が考える「ごく普通」というのが、どうもいつもこの社会の中ではズレてきているようなんですね。この社会の中でズレたのは、なぜなのだろうということは、意外と早くから意識にのぼっておりました。そういうことを背景にしてお話したいと思います。

なぜ自分がアートの世界に興味を持ったのか、というのを振り返ってみますと、要素はいろいろありますが、深く考えてみますと、三つぐらいに絞られます。それはどういうことかといいますと、一つは、私にとっての最初の人生のショックというのは、実は両親の離婚でした。両親が離婚したことというのが、子ども心にある傷になりまして、その傷をどうやって治すべきか、ということを考えるときに、やはりアートが私を癒してくれるのではないかというふうに考えた部分があります。

もう一つは、小学校を卒業しまして、そのままごく普通の――普通の、という言い方もおかしいですけれど――日本社会の公立の中学校に行っていれば、こういうことはなかったであろうということが、ずいぶん私の身にあったわけです。つまり私はカトリックの中学校に入ったわけです。中学、高校と一貫した女子中学、女子高校だったのですけれど、このカトリックの学校に入ったということは、二つ目のものすごいショックでした。これは後からわかったショックなのですけれども、カトリックの学校に行ったということで、異文化と接触してしまったというか、それに近いことがありました。普通よく一般的に「帰国子女」といいますね。これは両親、あるいは親の仕事の関係で外国へ行き、そこで日本人として生まれながら別な文化の価値観を身につけて日本に帰ってくる、そういう子どもたちのことですね。そういう帰国子女というのが、今はいろいろな形で日本社会の問題になっております。私は別に外国に行ったわけではないのですけれども、カトリックの中学・高校に行ったときに体験したことというのは、結果的にはこの帰国子女に近いようなことがありました。これは後でまた、詳しくお話しします。

それとあともう一つは、これが自分がなぜアートに関心を持ったかということ、あるいはアートという世界を知ったかということの最後で最大の原因かもしれないのですが、これは実は亡くなった父親の影響なのです。どうして父親の影響かといいますと、父親がその昔、戦前に、つまり彼が若い頃に、実は文学青年で詩を書いていたわけです。その詩を、わたしは中学生になった時に読んだのです。

つまり、両親の離婚、カトリックの中学・高校に行ったこと、それから父親が文学青年であったこと――この三つのことが、私にとって、アートに近づく最初の動機でした。

今はさまざまな形で多くの家庭が崩壊しておりますけれども、離婚をめぐる家庭崩壊の問題も二つありまして、自分が離婚の当事者である場合と、私のように親が離婚して、その離婚を見てしまった子ども、その子どもの立場というのは、微妙に違うと思うのです。ときどき私は、干刈あがたさんと対談しないかという話も受けるのですけれども、彼女の場合は、ご自分で離婚したというか、自分の代で離婚した人なのです。私の場合は親が離婚していますので、私はその離婚家庭の子どもとして物事を見てきました。ですので、「干刈あがたさんのお子さんとなら対談してもいいのだけどな」とよく冗談を言うのです。親の離婚というのは、子どもにとって何を意味するのかといいますと、ある意味で絶対的な基盤、自明だと思っていたある絶対的な基盤が足元から崩れていくことなのです。つまり、普通自分の両親は両親としてずっといると思っているわけですね。それが、自分の目の前で両親としているはずのその親が別れていくわけです。ですから、自分が立っているごく普通のあるべき基盤が、まず壊れるわけです。普通の基盤が壊れるということは、普通でないものがこの世にはあるということを、早いうちに知るわけです。その結果として、普通の基準だけでは、どうも自分は居心地が悪い。もっと普通ではない価値——普通が壊れてしまった人間にとっても耐えられるような価値を求める。そういう価値とは何かということを考えるようになったわけです。

## ミッションスクールの「世界像」

最初、中学校に入った頃には、親の離婚のショックをまだ引きずっておりましたので、単純にいいますと、男と女の間の愛情は絶対的なものではない、これはいつかは壊れるものではないか、あるいは壊れる可能性もはらんでいるのではないか、という不信というか疑問にずっと苛まれていたわけです。

そういう時にたまたま中学で入学した学校がカトリックの女子校でした。何か絶対的なものが欲しいと思っていたときに、周りを見渡しますと、実はキリスト教の神様がいたわけです。最初、中学に入って一、二年は、初めて知る異国の神様というのに対して、ものすごくあこがれの気持ちを持ったことは事実でした。これは普通にキリスト教の日曜学校に行くとか、たまに教会へ行くとかいう、そういう距離では味わえないようなものが、そのミッションスクールにはありました。というのは、学校全体の作り方から始まって、日々の学校生活の中身までキリスト教に貫徹されているわけですね。カトリックですから学校のそばに御堂と呼ぶ小さな教会があります。その教会の中にマリア像やヨゼフ像、天使の像といったものがありますが、それらの配置のされ方、大理石の使い方、祭壇の花を絶やさないでいつもきれいにしてある空間とか、そういうシンメトリックに秩序つけられた、たいへん完成されたヨーロッパの美学が、学校空間としてまずあります。そういう学校の中で六年間暮らすということは、普通の中学校のコンクリートの校舎の中で暮らすのと違った美意識に常に触れていることになるわけですね。違った美の形がまわりに常にあるわけです。そういう中で、神様というのはこういうものだというふうに教わるものですから、それはものすごくリアリティがあるわけです。

学校に入って、一番最初に私たちは「神」というものがどういうものかというのを教わります。神とはどういうものかを教わる。それは非常に単純な方法でした。今でもはっきり記憶しています。中学一年生の生徒に教える教え方ですけれども、まず大きな大学ノートいっぱいに正三角形の絵を描かされます。正三角形の絵を描きまして、それを上からちょうど三等分してほしい、と言われるわけです。で、三等分しまして、その三等分の一番上の部分に「人間」と書きましょう、と。次の真ん中のところに「動物・植物」、一番下の部分に「鉱物」と書いてください。そうしたら、その正三角形の頂点のところに、大きな目を描いてください、といわれるわけですね。で、頂点に大きな目を描きます。それはどういうことかといいますと、その目が、「神」だということです。そういう形で、神から石に至るまでの垂直的な支配関係がヴィジュアルにわかるわけです。つまりヨーロッパ的な世界の作られ方というのは、こういうふうになっていますよ、というようなことを、中学一年で教わるわけです。

そういうのを教わりますと、私の頭の中に、初めて「世界」というものの模型ができるわけですね。「世界の模型」ができるということは、ある意味では不幸なことなのですけれども、その頃の私はなにしろ親の離婚のショックを受けていて、世の中に絶対的なものが何もないと思っていたわけですから、この「世界の模型」が自分にとって、とても確かなものになるわけです。絶対的なものはこの三角形ではないか、というふうに、観念的に世界を了解し始めるわけです。そういうことを教えてくれる学校に入ったときに、私には、神というものが最初はとても美しく思えたわけです。神と人間には、非常に明確な関係の形があり、人間はその場合に神にどのように奉仕しなければいけないか、というそういうややこしいこともそのときいっぱい教わりました。

おそらく、そのまま神を美しいと思っていれば、私は今頃絵を描いたり、こうして話すとかそういうことをしていなかったと思うのです。むしろ修道院に入っていたのではないかと思うのです。でも入り損ねたわけです。私が修道院に入り損ねた理由というのは、いろいろあります。が、この学校でいろいろ教わった中で最大のショックだったことは、「離婚は罪だ」ということを教わったことです。「罪」と「罰」というのは、典型的なヨーロッパのキリスト教的な考え方なのですけれど、離婚をすることは、神によって結ばれた男女を人間が引き離すことだから、これは罪だというわけです。そういうわけのわからない言い方を、私は初めて学校で知りました。そのあたりから、私自身は神というものに対して疑問を持つようになりました。おそらく私の両親が、といっても離婚しましたので、実際には片方に引き取られたのですけれど、学校の先生たちが言うような離婚の罪を背負った人間で、今からその罪を背負って生きていかねばならないというのであるならば、その両親の子どもであるこの私はなんなのだろうと。そういう離婚した、つまり罪を背負った両親を私はそれでも憎む気になれないわけですね。その辺から私は、なぜ離婚が罪だなどというふうな考え方をするキリスト教のヨーロッパの社会があるのか、ということがわからなくなったのです。

いま考えて見ますと、そのときに「離婚は罪だ」とかいうふうに私たちに教えたのは、全部修道女だったわけです。修道女というのは、皆さんご存じのように結婚しません。結婚しない存在ですから、当然、男と女というものがどういうふうな状態で愛情を結んだり、愛情が壊れたり、あるいは挫折したりすることがあるかということを、経験で知り得ないわけです。そういう男女間の複雑な問題をどこまで知っているか、わからない存在なのです。そういう人たちが、ある意味では自分の人生を生きぬいた果てに得た知恵ではなくて、非常に決まりきった紋切り型の考え方で、子どもたちに「離婚は罪だ」と教えてきた。そのことが私にとってはとても辛かったわけです。

「離婚は罪だ」という修道女の一言から、私の神様に対する信頼感が崩れていきました。その頃は中学二、三年ぐらいの時でした。親の結婚生活の破綻とともに、子どもの方は両親との家庭生活、家族といいますか、あたりまえの家庭生活が崩壊する。で、その代わりにと思ってすがりついた神が、また私の目の前で、何か非常におかしなものに変質していく。とすると、あと行き場がだんだんなくなっていくわけです。行き場がなくなったときには、「不良」という道もあったのでしょうけれど、このミッションスクールは山の上にありまして、下まで降りるだけで精一杯というところだったので、あまり街に出ることができません。ですので、地理的なこともあって、不良にはなれないわけです。

## 禁書としての『デミアン』

そういう時期に、実は私が最初に読んだのが、ヘルマン・ヘッセの『デミアン』という本でした。この『デミアン』という本をお読みになった方もあるかと思いますけれども、デミアン母子というのが、やはり片親の母一人子一人という家庭で、お母さんと息子という設定で出てきます。ドイツ社会の普通の家庭とは少し違った形で、母と子が生きている。主人公のシンクレールという少年がいるのですが、この少年はドイツのキリスト教的な価値観の家庭で育ち、それに違和感を抱いて苦しんでいたわけです。ので、そういう価値観にとらわれないデミアンの生き方に非常に興味を持ち、魅かれ、やがて彼らデミアン母子たちの価値観を自分のものとして自分で考え始める、というのが本の内容です。

『デミアン』という本を読むまでは、私が学校で同級生と一緒に読んでいた本というのは――今は皆さんが読むかどうか分からないのですけれど、当時は『赤毛のアン』のシリーズが人気で、それをいかに早く読むかというのが流行っていました。私も、そういった『赤毛のアン』を読んで、普通の女の子の感受性を持っていました。ごく普通に、アンの成長に自分を重ねて、いろいろな話をしてキャッキャッ笑っていたわけです。しかし、私は笑いながらも心の奥では、さっきから言っていますように、神とか家庭の問題を引きずっておりました。で、ヘッセの『デミアン』を読んだ。それから、どういうわけか『赤毛のアン』の話をするのが、かったるくなりまして、それからは非常に不愉快な女の子になってしまったわけです。

なぜ『デミアン』がそれほど私にとって、逆に言うと救いになったのかということを考えてみました。それは、神とか家庭の問題について、自分とシンクレールには違和感というか苦しみが重なる共通のところがある。だから彼がデミアンに出会ってついには精神的に自立していく、ということに心を動かされるわけですね。それで、学校に行きまして、「この『デミアン』は非常におもしろいから、どうしてこういう本を私たちに読めというふうに勧めてくれないのですか」と、学校の先生に逆にねじ込んだことがあります。その時にある修道女が言った台詞は、「こういう本は禁書です」ということでした。いま「禁書」などという言葉を使ったら、どこまでリアリティがあるのかどうか分からないのですけれども、つまり読んではいけない本の中にこの『デミアン』が入っている、という言い方なのです。少なくとも、読んではいけない本というのが、たとえば子供には禁じられているポルノグラフィであるといったものであればまだ少しは分かるのです。しかし『デミアン』には別に何ら性的な要素が表現されているわけでもありません。だからなぜ禁書なのかということが、私には分からなかったわけです。ですけれど、冷静に後から大人になって考えてみますと、わかってくるわけです。なぜカトリックの学校の宗教家を自認する教師たちが、禁書だというふうに言ったかというと、その『デミアン』の中に出てくる神様という概念は、有名な言葉なのですけれども、アプラクサスという神の名前がついておりまして、これは善悪両面性を兼ね備えた神様になっているわけです。その中に悪魔をも内包するような、そのような神ですね。つまりヨーロッパの神ではなく、これは異邦の神なわけです。異邦の神であれば、当然、キリスト教的価値観から見ると、これは悪になるわけですから、その悪の本を、自分が教える子供が読んではいけないということで、禁書ということになるらしいのです。

わたしは初めて禁書、つまりタブー——読んではいけないのだという本がこの学校にはあるということを知りました。それから逆におもしろくなりまして、どういう本が読んではいけない本だろうかと、いろいろ探しまくりました。探しまくってみますと、何とスタンダールの『赤と黒』も読んではいけないことになっている。いっぱい読んではいけない本というのが出てきまして、何かこの学校は非常に不思議な世界だと思いました。不思議な世界に自分が住んでいるような気がしたわけです。

実は、私の行った学校と同じ先生方が往復しているような姉妹校がありまして、その姉妹校を卒業してきた、私より年が十近く若い人と、たまたまバッタリ出会って、話をしたことがあったのですけれど、その彼女が言いますには、一九七〇年代にその学校では、薙刀の授業があったというのです。薙刀です。あの、腰元などがドラマや映画でよくやっておりますような「エイヤッ」というものですね。江戸時代に武士の妻や娘が護身用にたしなんだといわれるものです。そこは女の子ばかりの学校で、異常だと言えばとても異常なのですけれども。それにしても、一九七〇年代に「薙刀」の授業をするというのは、どう考えても異常です。どういうふうに薙刀の授業があったのかといいますと——確か明治生まれの八十歳近い体操の先生で、でもカクシャクとした女の先生が薙刀の授業をなさるそうなのです。薙刀の授業を始めるときに、模範演技というのが必要で、薙刀を持って、上手な人が先生に向かって突きかかる時に、「肘！」「脛！」とか突きかかる身体の部分を言って突きかからなければいけないのだそうです。たまたま出会ったその人、ある意味で私の後輩になる人は薙刀が上手で、いつも模範演技をやらされたのだそうです。模範演技の時に、やることはやったのですけれども、ある日ついにそのばかばかしさに我慢ができなくなりまして、八十歳ぐらいの先生が耳が遠いということを利用して、思いきって「死ね！」と叫んだらしいのです。そうしましたら、その先生が「いま、何とおっしゃいましたか？」と。で、「いえ、ただいまは〝脛〟と言いました」と言ったら、「分かりました、ではもう一度」というので、また「死ね！」と言って突きかかった（笑）。何度かそれをやったら、初めてスカッとした、と言っていましたけれども、それが一九七〇年代に実際にあった話なのです。

私の行った学校は広島ですけれども、彼女は岡山です。まさかそこまでひどいアナクロニズムといいますか、時代錯誤といいますか、そんなことがあったとは知らなかったのですけれども、実際にあったわけで、異常なお嬢様学校であることは、確かだと思います。

## 人間は自殺をしてはいけないのか

異常なお嬢様学校の、しかも私が行ったほうはヨーロッパ版です。少し聞いていただいてもリアリティに乏しいかも知れませんけれども。ここは、どういうふうな学校の校則かと言いますと――いま、盛んに社会で「校則が厳しい、厳しい」と言っていますけれども、私にはあんな程度のものは普通で、別にあの程度のことはクリアできるのではないかと思っているぐらいなのです。というのはどういうことかと言いますと、まず授業の始まるチャイムが鳴りますと、教室のドアは前と後ろにありますけれども、前のほうに必ずドア係が立ってドアを開けて、先生がいらっしゃるのを待っているわけです。先生がそのドアの下を通って壇上に上がると、上がった瞬間にドア係がドアを閉めて自分の席に着く。そしておじぎをする。そこから始まるのです。授業中に、仮に鉛筆一本、ゴム消し一個を落としますと、即座に立ち上がりまして、先生および皆さんのほうに向かって「失礼しました」と言わなければいけないわけです。それから授業中にムシムシと暑いと、普通なら黙って窓を開けてもいいと思うのですけれども、先生の授業の進み具合を見計らって、つまり先生の話の間がちょうどあいた瞬間に手を上げて、「窓を開けてよろしゅうございますか」と聞かなければいけないのです。先生が「はい、どうぞ」と答えてくれると「ありがとうございました」といって窓を開ける。その程度のことから始まりまして、あとは階段で先生に出会うと、先生が向こうから下りてくるというのが分かったら、その場で立ち止まらなければいけないわけです。先生が通過して、階段を降りたのを見計らって、初めて歩き始めるとか、そういう細かいことがビッチリありました。ヘアースタイルが耳から下何センチとか、スカートは膝から下何センチ、ストッキングの色は何とか、それはもう無限に、といっていいぐらい決まっていたわけです。そういう校則についていては、どんどん締めつけられても、こちらもおもしろがって、逆に多少ズレたことをやっていればよかったのです。

私が一番傷ついたのは、先ほども言いましたように、根本的な考え方のところで「何でこういう考え方をするのだろうか？」ということだったわけです。先ほども言いましたような、人間と神との関係というのを、どういうふうにして教えこむか、というような授業は、実は毎朝あったわけです。朝八時から十五分間、毎日毎日宗教の時間というのがありまして、その宗教の時間の中で教わったことというのを、ちゃんと書かないと道徳の点が悪くなるわけです。どういうテストをやったかといいますと――質問1「なぜ人間は自殺してはいけないか？」というのです。これについてちゃんと答えなければいけないのです。そういうふうに質問された場合に、いろいろな答え方があると思うのですけれども、答えは一つしかないのです。つまり「人間はなぜ自殺をしてはいけないか？」という質問に対しては、「神が人間を造ったから、神の造った命を人間が粗末にしてはいけない」。これが決まった答えなわけです。それ以外の答え方をすると、だいたい倫理の点は、5段階の3になります。

私はいつも3でした。3というのはどういうことなのかと、ある時に先生に聞いてみましたら、3は実は1に匹敵するのだそうです。というのは、3以下につけると学校の恥になるので、3に止めておくという、そういうことだったらしいのですね。私は「なぜ人間が自殺をしていけないか？」という質問に、「人間は自殺してもいい」という答えを一生懸命書いて出していたわけです。それは自殺をしたいという気持ちではなくて、「自殺してはいけない」という言い方に対して、自殺をする可能性を持った存在が人間であるということを、私なりに幼稚なレベルで一生懸命言いたかったのですね。

この宗教の時間というのを、毎朝毎朝やられまして、なおかつ端々で管理教育をされたわけです。そうしているうちに自分自身が信じようとしていた神様に対する疑惑と、学校に対する不満というのがだんだん重なってきました。そのころに、何のきっかけかよく覚えていないのですけれど、家に帰って、たまたま父親が若いころに書いていた詩を読んだのです。その詩というのは、戦争に行く前ですから、かなり若いころのもので、非常に甘ったるい詩が多かったのですけれど、中には反戦風なものもありました。その父親の詩を読んだというのが、私が文学というものを知った最初の経験なのです。

それまでは『デミアン』を読んでいても、文学として読んでいたわけではなくて、むしろ観念上の——つまり、自分をどうやって救うかという、そういう読み方をしていたわけです。「観念」といま言いましたのは、神が人間を造ったとか、人間はこうあるべきだとか、いまは左脳とか右脳という言い方をしますけれども、左脳で考えるようなことばかりに、最初から私は取り組んでしまっていたのですね。

## 父の再発見

父親の詩を読んだときに、初めて左脳で考えるような理屈の世界から解放されることになったわけです。ある意味では非常に甘ったるくてもいいのだと、自分の気持ち、自分の感情を言葉で表してもいいのだ、詩という形で表すことができる、あるいは表している父親がいたのだ、ということを知ったわけです。

実際に自分の父親というのは、ひとりの父親として見た場合には、離婚などをしていますし、父親の責任というのをそれほど果たしている人間でもなかったし、そんなに立派とは思わなかったわけですね。けれども、父親の詩を読んだ時に、私の中で父親としての一人物が、私にとって父親であるのか、あるいは私にとって人間としての一人の人生の先輩なのかという、二つの問いかけがなされたような気がしました。その時に、私は離婚した父親としては、父親をそれほど許せるとか思えない。今になってみれば、どっちでもいいと思いますけれども、当時は許せない部分があったわけです。しかし、その父親がこういう気持を持って生きていたのか、こういう世界を持っていた人間なのかということを知ったときに、逆に、父ではない面、一人の人間の感情世界を見た時に、私は彼を許せる気がしました。

つまり、両親が離婚して、それで子どもの私の存在の基盤が崩れたような気がして私は悩んだ。その結果、カトリックの学校へ行ってたまたまキリスト教の神というものを知り、その神にすがろうとしたけれど、どうもその神自体も神の周辺もおかしいことに気づいた。これでもう私の救いはどこにもないと思っていると、「元の木阿弥」ではないですけれども、振り出しに戻って、またそこで父親に出会うことになった。その時はもう父親というよりも一人の人物でしたけれども。その人物が書いている詩を読むことによって、私はある部分では救われたところがあるわけです。

この中でご覧になった方があるかも知れませんけれども、『ミツバチの囁き』という有名な映画を撮った監督、そのスペインの同じ監督ビクトール・エリセに『エル・スール』という映画があるのです。「エル・スール」――スペイン語で「南」ということですね。この中に、やはり娘から見た父親というものが描かれています。映画としては寡黙な、美しい映画です。私は東京で、この映画のパンフレットに文章を書くように頼まれました。それで、実は非常に嬉しくて書いたのです。というのは、私にとっての父親の位置というのと、この『エル・スール』の中で、主人公の少女にとっての父親の位置というのが似ていて、父親をだんだん理解していく、そういう手掛りを得ていくという回路も、とてもよく似ていたわけです。この『エル・スール』の中の少女というのも、実は両親がうまくいっていない、それをずっと見つめている少女なのです。ある時期までは、お父さんはお父さんの顔をしてくれていたので、少女にとってはとても偉大なお父さんだったわけです。それが、その父が実は母とうまくいっていない。父の本当に思っている昔の恋人は、遠い南の土地にいるのだということが、だんだん分かってくる。それでこの少女は非常に苦しむのです。けれど、自分自身が思春期に入って、自分の目で社会や世界を見るようになった時に、自分にとっては母のものの見方よりも、父のロマンティシズムのほうが分かるようになるということが、非常にこまやかなタッチで、その映画には描かれているわけです。

その『エル・スール』の中のお父さんというのは、実はスペイン内戦で戦って挫折しまして、南から北へ逃げてきたわけです。そのことがさりげなく背景にさしはさまれている。そして北で結婚して家庭生活を始めるのですけれども、本当は南へ帰りたい。南でのあの青春の日々を忘れられないのですね。その南での青春の想いと内戦の影を引きずりながら北で暮らしている。ある時に、ついにその想いがあふれて、家庭を捨ててもう一度南へ行こうというふうに決意する。そして荷物をまとめて、駅のプラットホームに立つのですけれども、この父親はどうしてもそれ以上は踏み切れない。そうこうしているうちに、彼は自分自身の悩みに囚われたまま最後に自殺していきます。娘は自殺していく父親に対して、ある部分は非常に批判的で冷たいのです。けれど、父親が死んだ前後あたりに、父が遺していった様々な思い出を探っていくうちに、だんだん自分自身が南へ行こうとしているのだというのが分かっていくのです。そういう形で、父親のことを理解していくわけです。その娘には、父は死んだけれども、父であった一人の男が抱いていた、人生へのロマンというものは残ったわけです。

そこまでうちの父はカッコよくはないし、しかも自殺せずにダラダラとちゃんと生きておりましたから、ほとんど映像になるような人間ではないのですけれども。ただ私にとって、ある意味では一人の人物として私の人生にインパクトを与えてくれたのは、やはり父親が「挫折した詩人」であったということだったと思うのです。

父親が詩を書いているのだということを知った時から、私も詩を書こうという気になったわけです。つまり詩を書くということは、どういうことかというと、誰にもわかってもらえなかったこと、受け止めてもらえなかったことを、少なくとも詩という形で表現することができるわけですね。そして世界のうちの誰かがいつかは分かってくれるだろうと希望を持つことができる。そういうことなのですね。しかも詩の場合ですと、それこそノートの切れ端ですむわけですし、この異常な学校にいる時の不満や、さまざまなおもしろくないことをバネにして、もう何でも書けてしまうわけです。最初は父親の詩を真似していたものですから、ある意味で抒情的な詩を書いていました。しかしだんだんその抒情的な詩を書いているうちに、私の詩は変わっていきました。そのままスッといっていれば、もう少し私の人生も簡単だったと思うのですけれども。どうしても私は反抗的な性格というのがどこかにありまして、さっきも言いましたように、細かな校則とか、無意味に宗教的な観念を押しつける授業というものに対して、高校生ぐらいになった時に、どうしても納得できないものが積み重なってきまして、自分の詩も抒情詩からだんだん変わって、それこそ最後には「パンクの詩」になっていったわけです。それでも、父親の影響でそうして詩を書くということになったわけですね。

さっき言ったように、私の父親から詩を書くということ――人間の自由というか、詩を書くことによって自分を救済する一つの方法、というものをこうして私は教わったのです。もう一つ、父親から学んだことがあります。これは父親がそういうふうに教えようとしたのか、あるいは私がそういうふうに理解したのかどちらか分からないのですけれども、「理不尽だと思ったことには反抗してもいい」ということを、父親は私によく言っていたのです。これはどういうことかと言うと――これは私が拡大解釈したのかもしれないのですけれども――古い話ですけれど、戦争中に父親は陸軍士官学校の受験に行くようにと、祖母たちから言われました。父親は、実は軍人になりたくなかった。しかし親たちは、陸軍士官学校を受けねばならぬというふうに言う。それで父親は、とりあえず試験場に行ったわけです。受験に行ったのだけれど、全然そこに合格したくなかったから、行くだけ行って答案用紙を白紙で出して帰ってきたというのです。その話を父親から聞いた時に、私はビックリしました。そんなことが戦前に許されるとは思っていなかったというぐらい私が無知なこともあったのですけれども。それで、「そうか、そういうふうにして、人は反抗してもいいのか」ということを、ついに教わってしまったわけです。父親がそのことを私に言ったのは、ただ単にポロッと言ったのかも知れないのですけれども、私にとっては、それは「理不尽なことに反抗してもいい」というメッセージとして私の中に入ってしまったわけです。

## 「平均値」という苦痛

それから、学校へ行っておもしろくない時には、先生に「おもしろくない」と言ってもいいのではないだろうかと考えるようになりました。といっても、たいして反抗したわけではないのですけれど。宗教の時間に毎朝出るのが、だんだん苦痛になりました。かといって、みんなに呼びかけてストライキをやろうというほどまで、頭が回らなかったので、「サボる」という方法を考えまして、ある日から個人的に宗教の時間をサボったわけです。サボっていると、だんだん学校で問題になったらしくて、ついに怒られました。教頭先生に呼ばれたりしまして、いろいろ怒られたのですけれども。でも、こうやって一人がサボって怒られているということを、あまり繰り返していても何も意味がないなと思うようになりまして、これはやはり生徒会活動をするしかないのではないかと考えました。それで、実は生徒会に入って、もう少し学校のシステムを変えてやろうと思ったわけです。そのころは今から考えると、私にとっては一番行動的な時代でした。学校を変えるために、私は生徒会活動などもいろいろやっていたのです。

ところが、あるとき学校というものがどういうものかというのを、ある先生に教わったことが、私にとっては次のショックになりました。というのは、大学を卒業してすぐに教師になった若い先生がいたんですが、その先生は私の学校に赴任して来るやいなや、彼は一番最初に、私が問題児であるということを学校で言われたらしいのですね。それで、この若い先生は私のところにやってきて言ったわけですね。これは非常に素直な言い方だったと思うのですけれども。「だいたい学校というのは、平均値をもとにして作ってあるのだから、その平均値に自分を近づけようとするしかない。それでももし平均値にどうしても自分を近づけることができないならば、それはそもそも最初からはみ出ているということなのだから、じたばたしてもしかたがないではないか」と言ったわけです。

私はその時に初めて、「ああ、そうか。そういうふうにものごとは考えるべきだったのか」ということを知ったわけです。それはどういうことかというと、「普通」というひとつの基準があると思うのですけれども、普通はたとえば学校で朝授業があって、それがつまらない宗教の授業というものであっても、黙って座って右から左へ流していれば、その時間は過ぎてしまうわけです。ところが私は、その時間に教わったことを、いちいち「なぜだ？」「どうしてそうなるのか？」と、普通以上に考え込んで反抗していたわけですね。そういうふうにいちいちまともに受けとめて考え込んでしまう方が学校からはみ出ていくというか、疎外されていくのだということを、私はその先生から初めて教わったというか、知ってしまったわけです。それでなるほどなと、ずいぶん考え込みました。その時から実は、一切社会的な行動を、私は起こせなくなったのです。

常に平均的な部分で人間を演じなければいけないのであるならば、それを演じられない自分は、あとは黙っていくしかない――私は、だんだんそういうふうに思うようになり、自分で自分の行動を束縛するようになってしまいました。そうしておかないと、どう考えても一人で浮いてしまう。その一人で浮いてしまうという時の自分を、持て余すようになるわけです。

そのころでも、もちろん詩を書いていたのですけれども、その時に私は初めて、言葉というものにも疎外されていくようになったわけです。言葉というのも常に誰かに理解されようということを目的として使っているわけですから、詩の言葉でも、いくら詩のポエティックな世界を表現しようとしても、その言葉自体にはどうしても概念と意味がつきまとう。それは普通を基準にし、普通からの距離を言葉にするわけですけれども、そういう言葉に対して、私はだんだん居心地が悪くなってきたわけです。

自分がどんどん孤立していくという感覚と、どこかで平均的な「普通」をやらなければいけないんだという強迫観念に常に引き裂かれていました。その苦痛が重なっていくうちに、私はある時から吃音者になる、つまりドモリ始めたわけです。高校生ぐらいでドモリ始めるというのは、たいへんな苦痛でした。授業中に教科書を読まされる時でも、絶対に読めない。発音できないところがなぜかいっぱい出てくるわけです。授業中に当てられると、冷汗をタラタラ流しながらなんとか読もうとするのですけれども、読んでも読めない。クラスの人たちの視線を浴びながら、でも読めない、そういう読む時間の間の非常な苦痛があるわけです。日常生活においても、たとえば今は駅で自動販売機がたくさんありますので、切符を買うのは何でもないのですけれども、昔は切符の自動販売機がなかったから、窓口でどこどこまでと口で言わなければなりませんでした。そうするとドモり始めて、言えなくなる言葉がいっぱい出てきまして、切符が買えない。行くべき場所に行けなくなるわけです。ある時などは、しょうがないからついに紙に行き場所を書きまして、切符売り場でその紙を示したこともあります。つまり言葉を使うことに対する、非常な抵抗が、身体の内から湧いてきたのです。

そのころに、もう将来は言葉を使いたくないと言う気持ちが、初めて芽生えたわけです。言葉に対する疑惑というものが芽生えたわけです。言葉というものは、どうも絶対に二次的なコミュニケーションにすぎないのではないか。そのころいつも思ったんですが、たとえば「赤い花」といった時に、言葉では「赤い花」でしかないけれども、いろいろな赤があるではないか。この赤でないといけないと、自分では内心思っていても、「赤い花」と言った場合には、人は別の赤を想像するかも知れない――そういうところが、もしかするとそれが私にとって、初めて言葉ではない、絵という世界への入口になったのかも知れないと思います。ドモると同時に、言葉でない世界を求め始めたことは確かでした。

## バリケードの中の映画作り

その後、大学に入りました。大学に入ったころというのは、そのままドモったまま絵でも描いているということで、絵の方向へ行けばよかったのですけれども、文学部の国文学科なぞへ行きました。それで、また言葉との世界なわけです。しかし、作品の文学性とか、文学的解釈というのは、私は父親の影響もありまして、結構好きでしたので、文学的な世界にいることには苦痛はあまりなかったのです。けれども、何しろ私が大学に入った時代というのは一九六〇年代後半の時代で、始めから終わりまでがいわゆる「全共闘」の学生運動の時代です。右を向いても左を向いても学生運動で、文学的なものはどんどん沈没していって政治の季節になっていました。そこのところで「政治とは何か」ということを、もう一度、私自身が考え込む、抱え込まなければいけなくなりました。

本当は、かなり言葉に対して疑惑を持っていますし、日ごろうまくしゃべれないという苦痛も抱えていましたから、いわんや政治という人間と人間の関係とか、個人と社会の関係とか、そちらのほうには本当は目をつぶっていたかったのです。でも時代はやはりそうさせてはくれなくて、否応なく社会とは何か、政治とは何か、人間と人間がどういうところでお互いに共同性を保ち得るか、そういったことを考えざるを得なくなったわけです。私自身も、バリケード——その頃は大学当局とそこにいる教師たちの権力性を批判して、あるいは学生という特権的な身分である自分をも自己批判して、大学封鎖というのが、つまり大学で授業をさせないように大学をロックアウトするということが、全国の大学で学生によって行なわれていて、それをバリケードと称したのですが――、当時、広島大学でもバリケード封鎖をしておりまして、私はその広大のバリケードに参加したりしていました。とはいっても私自身が、全共闘のバリケードの中で何が一番楽しかったかと言いますと、政治ではなくて、そのころ実は映画を作りまして、その映画作りが一番楽しかったのですね。

私は、女の子ばかりの大学に行ってしまったので、私たちの大学で作ったわけではなくて、広大のバリケードの中で男の子たちから「映画を作ろう」という話が出ていまして、それでぜひ一緒にやらせてほしいといって、映画作りに参加したわけです。その映画というのは、バリケードの中にいるからといっても、政治的なテーマでは全然なくて、――政治的なテーマを出すと、それぞれ学生同士政治党派がちがったりしますので、みんなが大喧嘩になってしまうからというので、そのころは詩人の渋沢龍彦さんなどがとてもブームで読まれていたので、エロスをテーマにしようと。エロスをテーマにすれば、政治的な立場の違いというのをまったく超えて、いろいろな形に作り上げることができるのではないか。というので、テーマはエロスということに落ち着いたのです。そういうエロスをテーマにした映画を作っていたわけです。

この、映画を作っているということは、直接的には政治的な活動とはまるで関係のないやり方だったのですけれども、バリケードの中で寝泊りして映画を作っているということは、常に政治的な面との接触というのも、当然あったわけです。どういうことかと言いますと、広島大学のある部屋に寝泊りする場所を作っていたんですね。で、何日かかかってロケへ行ったり、俳優さんになってくれる人を口説いたり、いろいろしたんです。で、そこで夜寝ていますと、右翼の連中がおしかけて来たり、反対のセクトの連中が殴り込みに来たりとかするのです。その時に、私は政治的な活動を自分が直接しているわけではないですし、女だったので、「また殴り込みが来たぞ！」と男の子たちが言ったりすると、「ふうん」という感じで黙っていたりしたんですね。けれども、そうすると、そこで男の子たちがアッという間に変身しまして、さっきまで映画の話をしていたのが、突然ヘルメットをかぶってゲバ棒を持って血相変えて飛び出していくんですね。で、しばらくするとまたニコニコして帰って来て、「いい運動になったよ」とか言っているわけです。中には、全然ヘルメットをかぶろうとしない男もいる。いろいろなタイプの人間がいることを、私はバリケードの中で見たし、そういうことで常になんらかの政治と接触していたわけです。

バリケードの中でそうやって映画を撮ったのですが、実はその映画というのは、完成品を未だに見ていないのです。私は記録係をやりましたので、「何分フィルムが回ったぞ」と言われると「はい」と言って、メモは取ったのですけれども。なぜ完成品を見ていないかというと、完成間際に広島大学に機動隊が入りまして、そのフィルムを持って逃げなければいけないというので、逃げた果てに、結局、それ以後は編集段階に入ることができなくて、そのフィルムがどうなっているのか、いまだに幻なのです。でも、たしかに映画を作っていたということはあるのです。

その映画を作っている時に、私がなぜ参加したかといいますと、映画は映像が主ですね。つまり言葉ではない世界に興味があったわけです。言葉でない世界というものを、どうやったら身近に感じられるのだろうか。そういうことで参加したわけです。私の場合には、そもそも最初から絵を描こうとしたというわけではなくて、文学的なところから、少しずつ少しずつ、文学でない世界へ行ったものですから、文学の次といいますと、どうしてもドラマチックな要素のある芝居とか映画になるわけですね。その映画を作る現場に立ち合ってみれば、言語、つまり言葉だけで表現する世界にはないものに近づける――そう思ってやってみたのです。

ところが、やっていくうちにわかったんですが、映画には映画独特のおもしろさはあるのですけれども、やはり映画作りというのはどこまでも共同作業なんですね。共同作業ということは、監督になった人間が、どこまで自分の思ったことを一〇〇パーセントまで表現できるのだろうかと考えると、かなりできないのではないかということです。私はそう思ったのです。もし監督がものすごくワンマンになりまして、徹底した完璧主義をやればいいのですけれども、そうではなくて、ある程度迫力が出ない性分の監督、つまり人とのコミュニケーションの中で何かをやっていくことが下手な人間にとっては、映画を作るのはたいへんな苦痛だということに気がついたわけです。それは、つまり自分自身のことをいっているのですけれども。

映画を作る作業の一つのパートの中に入って、たとえば美術とか、あるいは照明とか一つのパートをやることはいいのですけれども、監督になって、自分自身の世界、イメージをグループの共同作業を通して表現するということの苦痛を、私はつくづくと感じたのです。その時から、私は映画は向いていないないなというふうに思いまして、それでだんだん共同作業ではない世界へ目を向けていったのです。

当時の映画といっても、いまは分からないでしょうか。六〇年代に「アングラ映画」というのがたくさんありました。これは「アンダー・グラウンド映画」、つまりいまで言うと「インディーズ」のようなものだと思ってください。あれとはまた少し違うのですけれども、メジャー映画ではない、個人で作る映画。マイナーな、しかし本当に自分たちの表現したいものを作る――そういう映画が、当時日本の文化の中でいろいろ芽生え始めました。そのアングラ映画を、私は実は広島で初めて見ました。佐藤重臣さん――この人は、アングラ映画を広げた人で、映画評論家でもあったわけですが――その彼が、広島に五、六本、アングラ映画を持ってきてくれまして、それを私も見たわけです。

私たち自身も、当時そのアングラ映画に似たようなものを作っていました。しかし、日本のアングラ映画というのは、美意識が非常に土着的なところから出発しているものが多かったのです。で、そのアングラ映画を見ているうちに、私の土着的なことに対しての個人的な鈍さというか、距離感もあるのですけれども、今度は、これはどうも映画ではないないなというふうに私は思い始めました。ちょうど思い始めたころというのは一九七〇年ですから、私が大学を卒業した年です。

## 言葉と絵に引き裂かれて

私はその一九七〇年に、東京に行きました。東京に行ったというのも、別に大きな目的があったわけではなくて、広島で就職口がなかったから東京へ行ったという、最初はその程度のことなのです。東京へ行って、私は、ごく普通に就職しました。そしてとにかく普通に生きる力を、自分で身につけて、つまり自分で自分の生き方をちゃんと保証するようになって、それから自分の好きなことをしようと思っていたわけです。最初からアーティストになろうという人は、おそらくこのあたりで自分のアートセンスを生かして、何かの仕事に持っていこうとするのだと思うのですけれども。私が東京に行った七〇年代というのは、コピーライターとかイラストレーターというのが、まだそれほど仕事として、この社会で活躍できるような時代ではありませんでした。だから逆に言うと、広告業界が今ほどにまで大きな力を持っていない時代でした。おそらく今の皆さん方だったら、たとえばイラストが好きだったら「イラストレーターになろう」というふうに、簡単に思えると思うのですけれど、そのころは、そういう時代でもなかったわけです。そういう動きが、やや始まっていたのが、まだそんなに表に出るか出ないかというころです。というのは、私と糸井重里さんが同い年ですから、そういう時代です。

私は、とにかく七〇年に、大学を卒業して東京にいたわけです。そのころに、普通に生きようと、自分はそういうつもりでいたわけです。一番最初にやった仕事は、実はコピーライターだったのです。それはコピーライターという仕事を知って入ったわけではなくて、コピーライターという仕事があるというので行ってみたら、何か広告の文章を書く仕事だと言われて、ああそれだったらできるかも知れないなあというので入ったという程度のことなのです。そのころはスタイリストとかイラストレーター――まだイラストレーターということは、あまり言いませんでした。スタイリストという言葉は、言われ始めていました。デザイナーとかいった職業が、少しずつ言われ始めたころに、実はコピーライターをやったのです。私がコピーライターをやり始めたころというのが、たまたまかどうか分かりませんけれど、プラスチックは公害になるのだということで、ものすごく騒がれた時期でした。コピーライターとして入った会社で私が担当させられたのが、その公害になるプラスチックの広告でした。そのプラスチックを、いかに公害にならないかということを広告の文案にしなければいけなかったわけです。

そういうのを、一生懸命、職業だと思って割り切ってやってはいたのですけれども、だんだんそのうちに、そういう広告の文章を作るということが嫌になりました。それが嫌になったのと同時に、実は私は本を読むのも嫌になりました。私のように昔から本を読んでいた人間が、本を読むのを嫌になったので、始めは非常に混乱したのです。というのは、本を読もうとしても、本を読んでいても言葉の意味が分からなくなる。概念がつかめなくなってくる。それで、これはもしかしたらノイローゼではないかと、だんだん思い始めるわけですね。あるいは、これはもしかしてノイローゼですらなくて、単に自分が怠惰なだけなのか。自分で、その辺のことがどういうことかわからなくて一人でずいぶん悩みました。悩んだ果てに、ついに私は本が読めないのだ、という結論に到達したわけです。読めない本を持ち歩くというのも、うざったいと思って、ある時ついに、たまたま家のそばをチリ紙交換が通りかかったので、そのおじさんを呼びまして、持っていた本を全部チリ紙と交換してしまったわけです。そうすれば、私にとっての言葉というものが、少しは自分から離れていくのではないか。そう思ったわけですね。そういうムチャクチャな作業をしなければいけなかったわけです。

ところが、チリ紙と交換しましても、現実社会の中では、私はコピーライターもやっていましたし、業界紙の新聞記者もやりましたし、雑誌の編集者もやりましたし、常に言葉を使わなければいけないところに身を置いていたわけです。生活のためにやむなく常に言葉を使いながら、自分一人になると言葉を拒否しているわけです。この矛盾を、実は十年間ぐらい、自分で両方の苦痛を抱えこんでおりました。これは単純な話で、自分自身が社会で仕事をする時には言葉を使わなければいけない。しかし、自分が一人になった時には、自分の気持というのは、言葉では書けないのではないか、と疑ったということですね。その辺りから、私は初めて本気で絵を描こうと思うようになるわけです。

絵を描こうといいましても、絵を描くことが直接の動機ではなくて、つまり言葉のかわりに別の表現で表現する。その方法として絵を描くことができればいいのではないか、そう思ったわけですね。そういうところから絵に入ったわけです。そこまで行くまでにも、ものすごく長い時間がかかっております。普通でしたら、絵を描きたいと思った時、思春期にそう思ったら、そのままデッサンを練習し、それからやがて美術の学校へ行き、いろいろな表現方法を教わり、そのうち自分はこういうふうなスタイルが好きだということがわかってきて、そのスタイルをやっていく。そのうちに認められて個展をする。そうやってそれを続けていくというのが、ごく普通の絵を描く人のコースだと思うのです。私はそういうコースに辿り着くまでに、一山も二山も越えておりまして、しかもその一山二山というのを、さらにその後も越すのです。

つまり、言葉と絵というものを、私は常に両方ぶらさげているようなところがあって、最近はそれをものすごくいいことだと思っているのですけれども、非常に長い間、その言葉と絵の両方に自分が引き裂かれているという状態が苦痛でした。私は、両方の矛盾と同時に、両方の魅力というのを、いつも矛盾を抱えるように自分自身の中でもっておりました。

## 言葉以前のものへのまなざし

チリ紙交換に、本を全部捨ててしまってからは、本当に本箱がスッキリしまして、スッキリしてからは、家に帰って来たら自分なりに好きな絵を描こうとしました。好きな絵を描こうというのも、これは本当に独学でやり始めたことなのです。好きなようにやったところで、誰からも文句が出るはずはないのだし、と思って、好きなように描いてきたわけです。

そのまま、外で働いて家へ帰って一人で絵を描くということだけをやっていれば、別にそれでもよかったのです。けれども、十年ぐらいしてヒョンなことから文章を書き始めることになりました。そうすると、今度は文章がおもしろくなってきて、やっと十年たって、つまり三十歳を過ぎて、初めて文章がおもしろくなったのです。それまでは書くのは苦痛だったし、二十代というのは文章を書かないで、なるべく自分の表現は文章にしたくないと思っていました。だから社会的な職業的なことで言葉を使うのはいいのですけれども、自分自身の言葉として書くことはできないと思っていたのが、その頃からだんだんおもしろくなったわけです。その辺で私は、エッセイと評論と絵の三つをやり始めました。やろうという意思ではなくて、なりゆき上やってきたらこうなったというのが、正直なところなのですけれども。

七〇年代と言いますか、学校を卒業して社会に出てから約十年、文章を書き始めるまでの約十年というのは、一人で絵を描いていたのですけれども、いま考えてみますと、その頃は同時に自分の中の感性というものを甦らそうと努力していた時期でもあったのです。というのは、これまでずっと言いましたように、言葉というものを人間が必要以上に身体に詰め込みますと、言葉でもって何でも説明がついてしまうわけです。言葉でもって説明がつくということは、つまり自分の中の感性というものの一部を言葉に表現するのですけれども、それはやはりどうしても一部に過ぎないわけです。たとえばその表現は氷山の一角みたいなものでして、氷山の水面よりも出ている部分が言葉になっているにすぎないわけですね。氷山のうちの海に沈んでいる部分、つまり言葉以前のもの、言葉になり得ないものというものは、どうしても言葉で表現できません。表現できないだけではなく、その部分を意識が落としてしまう。あまり言葉を詰め込むと、そこの氷山の下の部分、自分の感受性に気づくことができなくなることがあるわけです。

言葉をなるべく捨てようとしてからは、私はその感受性の部分をどうやったらもう一度復活させることができるか。そのことをずっと考えていたような気がします。これについてはいろいろな人がいろいろなことを言います。子供のころ、とても感受性が鋭いのは言葉を知らないからだという言い方もあるわけです。言葉を知らないということは、バカだからという意味ではなくて、言葉で判断していないわけですね。もっと言葉以上の感受性で、ものごと・社会・世界を感じて判断しているわけです。その意味で、子供の時のほうが、より敏感なのです。だけれども、どうしても人間は言葉を身につけなければ社会に参加できませんから、言葉を身につける。ですけれども、言葉を身につけて適当なところで止まっていればいいのですけれども、過剰に言葉を身につけていきますと、だんだん言葉以外のもので生きることを確認したり判断したり、あるいは生きることを味わうと言いますか、そういったことが、だんだんできなくなるのだと思います。

たとえば時計をしないで生きていると、時計をしていなくても時間が分かるようになりますね。そのことといっしょだと思います。つまり言葉をあまり使わないで、ものごとを見たり感じたり、あるいは判断したりできるように、それを訓練していくうちに、直観的なもの、自分の感性がとても敏感になっていくわけです。私は結果的に、そのことをどうしてもやりたかったわけです。約十年間ぐらいは、社会では社会の言葉を使いますけれども、個人としてはなるべく時計のない生活に近いものを、努力してやっておりました。

時計のない生活に一番近い状態というと——実はそのころ私が、なるほど、こういう人は時計を持たないで人生を生きた人かなと思ったのが、山下清だったのです。あの人などは、最初から社会の言葉を過剰に詰め込んでおりませんので、言葉以外のもので反応していたと思うのです。私も最初に絵を描こうと思った時に、実は参考にと言いますか、師と仰いだのは山下清のような人でした。ああいう感じで、自分の感受性をそのまま生かすことはできないかと思ったわけです。つまり言葉を通すということは、常に抽象的な場を通すことですから、なるべくそこを通さないで表現できることはないものかと考えたわけです。といっても、私は残念ながら山下清ではありませんし、ちゃんと社会の中で一人前の顔をして仕事もしておりましたので、ごく普通の人間としてまともすぎたのです。自分の中では、なるべく社会の顔・私個人の顔を両極端において、二種類使いわけていたのですけれど。

## アートを通した言語表現

そうやって、言葉でないものをだんだん膨らませていくうちに、逆にそういう感受性から、つまり氷山の下の部分から、これまでの社会のさまざまな言葉、共通に言われていること、これは正しいと言われることを、もう一度下から確かめるようになったわけです。実は、私が文章を書き始めておもしろくなったというのは、それなのですね。つまり、社会で普通「AはBです」というふうに言われているのは、それは単に言葉で言っている部分が激しくて、言葉でない感覚でじっと見ていると、嘘も多いし、何かおかしいのではないかと思うことがいっぱいありました。それを「アート・マインド」と言ってもいいのかも知れませんけれども、アートの感受性でもって社会の言葉を見なおした時に、疑問が生じてくる、その疑問を逆にこちらがアートの言葉でていねいに書いていく――という作業を、私はやっていたわけです。

一番最初に私がそうして書いたのは、あまり知られていないのですけれども、『海・オブジェ・反機能』という美術エッセイです。その次に書いたのが『イエロー感覚』という本です。この〝イエロー感覚〟という言葉は、つまり言葉という概念ではなくて身体でもって、もっと言葉でない部分で判断していく。そこを基準にもう一度社会のシステムを見直してみようという、そういう意識でもって美術やイラスト、写真をテキストにして書いた本なのです。その後に書いた本が、『《女性原理》と「写真」』といいまして、これは主に写真を、いま言ったような観点からどう読むかというふうなつもりで書いたものです。その辺の写真やイラスト、絵というものについて書く時というのは、アート・マインドで対象を見て、しかもそれをもう一度、アートの言葉で語ることができるのです。

その後に書いたのが、『超少女へ』という少女マンガ論でした。これは、つまり、少女とはこういうものだと言われていた、これまでの概念はおかしいのではないかということを、少女マンガを中心にして書いたのです。

ここに今いらっしゃる人たちというのが、萩尾望都さんのマンガなどを読んでいるのかどうなのかな、と、非常に疑問があるのですけれど、私自身は、自分の少女時代に少女マンガをあまり読んだほうではなくて、実は少女マンガというのがよく分からなかったのです。面白くなかったのですね。ある時、女性編集者が私の所に来まして、「最近の少女マンガをお読みになりましたか」と聞くのですね。私が「全然読んでません」と答えると、「最近の（一九八〇年頃の話ですけれど）少女マンガは昔と違って、とてもいいマンガがいっぱいあるから、ぜひ読んでほしい」と言うのですね。私は知らないから、ぜひ案内して下さいというふうに言うと、ある時、その彼女が宅急便で少女マンガをドサッと送り届けてきたのです。それが萩尾望都を始めとする、いわゆる昭和二四年生まれ前後の人たちが書いた、一連の少女マンガだったわけです。一番最初に読んだのが萩尾望都の『ポーの一族』でしたか。永遠に大人になれない吸血鬼の少年のエドガーの話ですね。とにかく萩尾望都を中心に読んでいくうちに、「そうか、こういう萩尾望都のマンガなんかだったら、別に少女マンガに違和感はないのだけれどなあ」と初めて思ったわけです。

私たちが知っていた少女マンガというのは、もっと甘ったるくて、センチメンタルでどうしようもない少女マンガが多かったのです。だから、萩尾望都を読んで、「こんな少女マンガを女性が書くようになったのか！」と驚いたわけです。私も、その時から初めて少女マンガを書く人たちというのが、女性の観点から自由に少女マンガを書き始めたのだなということを知ったわけです。その萩尾望都のマンガを中心に、新しい少女マンガ――これは新しいわけではなくて、やっと本質のことを言ってくれたのだな、という意味での新しい、ということですが――のことを書いたのが、『超少女へ』という少女マンガ論だったのです。

つまり、私たちが子供のころ見たマンガというのは、むしろ一つの社会の既成の役割にあてはめる方向で、「女の子はこうあるべきだ」、「こういう形でふるまうのが、女の子なのだよ」、「こういう女の子は可愛いのだよ」という方向で、女の子のキャラクターが描かれていたわけです。そうではなくて、萩尾さんたちのマンガというのは、社会的な記号としての少女、女の子の社会的な役割とは別に、もっと心の想像力がこう自由に広がっていく、この広がっていく想像力を持つことの中に、女も男も変わりないのだということを、うまく書いているわけです。

ですから、その時も、私が書きたかったことというのは、最初からずっと話しておりましたような、人間が世界やものごとを判断する時の心のあり方といいますか、自分の心をどういう形に表現するか、自分が思っているさまざまなものをどう自分の表現に詰め込んでいくかということなのです。言葉にする必要のない、あるいは言葉以外の、あるいは言語以前・言語以後と言ってもいいのですけれども、言語以外のそのもの、そこの部分、――それを〝心〟という言葉で表現すると思いますが――そこのところを大事にしながら、一つの表現をしていくということ、そこのドラマの作り方といいますか、そのことをマンガというメディアでやるということの意味。私が『超少女へ』というのを書いたのは、そういった観点を女性作家たちが、非常にストレートに自由に書き始めたということに対する嬉しさもありました。

## アートマインドの深みへ

その後は上野千鶴子さんと対談をしました。二人の名前に入っている「鶴」をとって『多型倒錯　つるつる対談』という本になったのですが。あれで初めて、私は、フェミニズムというものが、私の考えていたのとはだいぶ違うものだなあということが分かったのです。上野さんの考え方と私とはだいぶ違う、その違いが、ああいう形の本になってしまったのですけれども。あの本ができあがってから、私はもう一つ一九六一年生まれの男の子といっしょに、往復書簡の本を作りました。どうしてかといいますと、つまり私が『つるつる対談』をやった時に、上野さんと話が食い違うわけですね。アーティストの考える考え方と、アート・マインドというものをあまり自分の中で位置づけてこなかった人の考え方というのは、ずいぶん違うものだなということをあの時初めて知りまして、どうしても話が食い違っていくわけです。あの本は食い違いの集大成みたいな本ですけれども。で、このままいくと、どうも自分の居心地が悪い気がしました。たまたま東京に帰って、ある出版社に行きましたら、そこでバイトをしていた若い男の子がいました。

その日、その男の子と、そこの出版社の編集者と一緒にお酒を飲んだわけです。そのお酒を飲んだ時に、その男の子とは不思議なくらい話がよく通じるのですね。彼は芸大の美術のコースにいたのですけれども。初めて会ったのに、どうしてこんなに話が通じるのだろうかと、二人でケラケラ笑いあっていくうちに、わかったことがありました。一つにはお互いアートに関与していること。つまりアートが好きなこと。それからもう一つは、彼自身がやはり親が離婚しておりまして、離婚家庭の子供という観点からものごとを見てきたわけです。彼の場合には、お母さんと一緒に暮らしていますから、母子家庭になるわけですけれど、私は父親に引き取られましたので、父子家庭で、ある意味で条件が似ている。それと同時にもう一つ、どれほどアートが好きかという観点で生きているということと、アートというものにそれほどに自分に関心がないという人との観点の違いというか、自分が生きる上でアートが必要か必要でないか、これぐらい人間の感じ方の違いがあるのものはないではないかということが分かったのです。

私と一九六一年生まれの男の子とでは、もちろん世代があまりにも違うし、世代が違うということは、一緒に共通のものを読んだり見たりはしていないわけです。でも、その男の子と話していくうちに、材料は違っても感じる観点というか、何を大切にしたいかと思っている観点が、すごくよく似ていたので、そのことをどうやったら本にできるかということで、実は一年、――彼は三田君というのですが――三田君と一緒に往復書簡をしたわけです。往復書簡を作りまして、私と上野さんとの『つるつる対談』では、どうしても表現できなかったことを、どういう回路で表現できるかということでやりました。

やった結果というのは、第三者がどう読むかは別なのですけれども、私は三田君と出会って、初めてアート・マインドを通したコミュニケーションと、アート・マインドを中心に置かない人とのコミュニケーションの違いというのが、よく分かるようになりました。どちらがいいとか悪いとかいう問題ではないのですけれども。ただ言えることは、アートを好きだという人は、ある意味ではものごとの見方というのが、単なる言語だけで判断しないというところです。もっとトータルに、つまりもっと言語以外の豊かなものを味わおうとしているわけです。あるいは言語にならないものを、お互いに伝え合おうというコミュニケーションの仕方をするわけです。そうしますと、言葉にした部分よりも、言葉への向かい方みたいなもののほうが、やはり微妙になってくるところがありまして、そういうアート好き同士のコミュニケーションというのは、私個人にとっては大変ハッピーなところがあって、気分がいいわけです。

ただ世の中には、日常の中でアートを生きているということが、全ての人がそうであるわけではないので、そうでない人との付き合いをする時には、なるべく言葉をていねいに使うように努力をしているのです。私は個人的には両方相わたって、言葉と言葉でないものを相わたって生きてきましたし、これからもたぶんこのままいくと思うのです。

## 人間と「ヒト」のあいだで

時たま、言葉と言葉でないものの表現。つまり、アートとエッセイは「両立できるのですか」と聞かれることがあります。しかし、これは、やはり両立はできないと思います。というのは、どういうことかと言うと、文章を書いている時というのは、当然、絵は描けないのです。単に肉体の問題ではなくて、自分の身体の使い方、構えというかズレというのがあります。つまり言葉を使っていますと、どうしても思考形態が論理的になるわけです。論理的になりますし、常にものを見る時に、条件から結論までをす通して、つまり分析的に見ようとする傾向が、どうしても生まれるわけです。しかし、絵を描いている時というのは、まったくそういう意味では、分析的な自分を忘れている。そういう分析的自己を脱する過程だと思うのです。去年、大阪と京都で展覧会をやったのですけれども、作品を作り始めますと、最初はどうしてもまだ文章を書いていた時の自分が残っていますから、非常にガタガタの作品しかできないわけです。だんだんそのうち絵の方にのめっていきますと、言葉をだんだん忘れていき、やっと忘れたなと思い始めたころに、初めてリズムが生まれてくるのです。その時のリズムというのは、もうこれは言葉にならないリズムですから、ミュージシャンが〝ノリ〟と言っているのと、たぶん同じだと思います。

言葉でない作品（絵）を作っている時に、何かインタビューの仕事などに来られましても、もう何も考えられないのですね。インタビューにならないのです。逆に言うと、絵を作っている時というのは、何も考えていないのです。社会で何が起ころうと、何のことにも関心がわかないというぐらいに、自分から言語がなくなっていくわけです。それはそれで、とっても快感ですし、言葉を使わなくても、黙ってただ絵を描いていく自由というのも、私は好きです。

ですが同時に、言葉を組み立てていく時のおもしろさというのもありますし、その両方を結果的にはやっているわけです。両方やっておりますと、私自身は「今、自分は脳の左側を使っている」、「脳の右側を使っている」ということが、よくわかります。

たぶん言葉を使う時というのは、人間が社会に生きているということを前提として、社会関係の中で言葉を使っているわけです。言葉でないものを使っている時というのは、そうではないんですね。自分がいったい何なのかと考える時に、私はよく「人間」という言葉よりも、カタカナで「ヒト」と書いた、あの「ヒト」のほうが好きなのですね。つまりアートをしているときには、ヒト科ヒトというように、自分は単なる生物なのだな、というふうに感じるのです。だから「人間」と言った時には、どうも社会に存在している時の、つまり言葉を使って社会に存在している時の自分というふうに感じますけれども、絵を描いている時というのは、ああ私は一匹のヒトなのだなあと思えるわけです。

この一匹のヒトである時の感受性を全開にしているときの自分と、同時に、人間として社会にいて言葉を使っているときの自分を、たぶんこの二つをうまくバランスをとっていくことができれば、私はアーティストとしては幸福な状態ではないかと思います。というのは、これまでのアーティストというのは、だいたい社会的におかしなことをすると、「あの人はアーティストだからしようがない」とか「芸術家だからしようがない」といって、許されてしまうわけです。「芸術家だから」とかいろいろな言い方をされるけど、それはその人が脳の左側をうまく使っていなくて、言語をうまく使わないでいるから、社会的な規範というかルールからズレたことをしても平気なようになるわけですね。私はあまりそういう社会的な規範からズレたことをして許されるという存在を、自分でいいと思いませんから、社会的には普通の人でいたいわけです。普通の人ですけれども、人間として普通でありながら、同時に自分が生物の一種なのでもあると思える時の、あの一つの深い喜びのようなものを、やはり感じていたいというのが、私にはあります。そういう時にはやはり言語では感じられない部分。言ってみれば、絵を描いているとき、右脳で感受するものを忘れないですむということなのです。

普通はよく、アーティストでも「傑作を残すことを目標にする」とか、いろいろなことをいろいろな人が言いますけれども、私はあまり何か作品を残すとかいう、そういう意識はありません。今まで生きてきて、これからも生きてそしてやがて死ぬのですけれど、自分が生きて死ぬというその時間の間に、いま言った二つのこと——つまり社会的な人間としての自分と生物としての自分を、気持ちよく両方バランスをとって生きられること、そのことが私には大事な気がしています。そのための媒介として、私はアートがあるような気がしています。ですから、これは必ずしも作品にしなくても、そういう気持ちを自分がずっと持っている時というのは、そのままアートの中に入っている時なのです。入っていると言っても、ただ入っているんだぞと自分が思っているだけでは、広がりが少ないですし、一つのメディテーションにはならないので、できるだけ作品を作る。作品を作るときには、それがより広がって自分に感じられるわけです。

私にとっては、そういう感じです。おそらくこういう言い方というのは、非常に観念的に聞こえるかも知れませんし、「こういう絵をこういうふうに描きたい」という言い方とは、少し違いますので、ちょっと難しい言い方になったかも知れませんけれども。文章を書いて絵を描くということは、一日のうちに同時にはできないことですけれども、人生の中ではできることです。それから文章を書くということは、普通に、よく考えてみるということです。よく考えて、よく感じるという――よく噛んだら身体の栄養になるという、その程度の問題です。そういうようなことだけは、これからもやっていきたいと思っています。

# II　宮迫千鶴と絵画
## ――解説に代えて

谷川晃一

## 振り子の構造を生きる

宮迫千鶴は十月十六日生まれで星座は天秤座でした。僕は彼女のことを典型的な天秤座の性格だと思っています。星占いのことはよく知りませんが、天秤というのは要するに文字通りバランスを取る、両天秤にかけるわけです。宮迫が天秤座生まれだからというのは後から考えた理由付けですが、物事の両極を睨んでそのあいだを振り子のように運動しながら考えていく。あることを考えはじめると経験や想像を限界まで追い、また逆方向に戻って考え、検証を始めることが彼女の思考パターンでした。

宮迫は物事を思考するのに際して、常に二項対立関係みたいなものをまず念頭に置いて判断していました。もちろん彼女の頭の中には二項対立という単純なものではなく様々な問題のマトリックスが立体曼荼羅のように重層的に展開していましたが、とりあえず白を考えるときには黒についても検討する、夏のことを思うときは冬のことを想像してみるという具合に、二項の間を思考が往還するという形で判断を進めていくことが日常的にも多かったと思います。

言葉について考えるとき、言語表現するときも、非言語領域への配慮がありました。つまり非言語の表現として音楽やアートがあったのです。いつも意味とイメージの両方の領域を念頭に置いて思考し、感じるという感性をもっていたため、文章のレトリックは詩的豊かさを孕んでいたし、絵画作品を自ら分析し、説明する明快さを持てたのだと思う。

はじめに二項対立関係といいましたが、あれか、これかだけでなく、あれもこれもというところもありましたね。

ではなぜそういう意識の傾向を持つようになったかというと、まず宮迫の子ども時代に起きた両親の離婚、そしてそのことに起因する少女時代の疎外感が考えられます。つまり普通の子ならば自明であるはずの世界が崩れ、その世界と彼女のあいだにあるズレというか違和感が彼女の自我を目覚めさせた。だから世界からの距離と言うか、世界の中で自分の位置づけが彼女にあってはいつも確認されなければならなかったわけです。

宮迫は折りあるごとに文章や詩などでさかんに南への憧れを語っています。しかし彼女が人生の前半に置かれていたのは、どこまでも北的な環境だったんです。彼女が育った広島が北ということではなく、北的な環境とは周囲の自然が、親和的ではなく厳しく突き放してくるつらいものという意味です。それゆえ意識が発達するというか、常に意識的な人間になったのだといえると思います。

哲学者のウィトゲンシュタインは極寒のノルウェーのフィヨルドで思考する事を好

んだそうですが、北的環境は人の意識を覚醒させるんですね。

宮迫は北的な環境の中で育って覚醒資質の人間になったのだとおもいます。北的な人間は頭脳的ですが、逆に南的な人間は肉体的というか動物的です。南は親和的な環境の中でまどろんでしまう。いろいろなことが無意識です。宮迫に比べると僕はかなり南寄りだと思います。

## 進駐軍文化の影響

宮迫は広島県の呉という港町に一九四七年に生まれて、そこで子ども時代を過ごしています。呉はかつて日本海軍の軍港だったところです。軍港というのはとても厳しいイメージがありますが、宮迫が生まれた頃には敗戦後ですから軍の施設などはすでになく、港には機能しなくなったクレーンなどが放置されたように錆び付いていたそうです。彼女の話によれば呉の港は全体に錆び付いて昨日の港だったと。で、宮迫は最初に書いたエッセイ集に『海・オブジェ・反機能』というタイトルをつけました。つまり錆び付いた港が彼女の〈原風景〉でした。この原風景は宮迫の初期の美術作品に色濃く影を落としています。

宮迫の子ども時代、呉にもアメリカの進駐軍がいて、彼女がはじめて自動車というものに乗ったのも進駐軍の将校のジープに乗せてもらったということでした。

　このへんが僕と似ています。僕は横浜の焼け跡で育ちました。終戦直後この焼け跡の町で進駐軍の兵士の後を追いかけて、「プリーズギブミーキャンデー」と叫んではなにか貰えるまで追いかけるのをやめませんでした。そして米軍の兵士たちが撒き散らすキャンデーやコミックスや煙草のパッケージの色彩というものを子ども心にもきれいだなと感じて、つまりアメリカのポップ文化を吸い込んでいたわけです。ずっとあとになって自分の感性のルーツが進駐軍の文化にあったのだと気がつきました。

　だから宮迫と僕は世代的なズレがあるものの、戦後のある時期にそういうアメリカ文化の一端に早くから触れていたというベースがあったので、ポップ・カルチャーに対する理解という面で共通していました。

　僕は一九七九年に『アール・ポップの時代』という本を書き、それを実証するサブカルチャー的な展覧会も開きましたが、サブタイトルは『進駐軍文化の現在』でした。これはそのころすでに一緒に暮らしはじめていた宮迫との共同作業ですすめたプロジェクトでした。

　宮迫と僕の日々の対話の中で、八・一五以前と以後の「思想」はよく語られるが「感覚」の差異は何か、自分たちの中に日本の伝統文化はどんな形で「感覚」の中に存在しているのか、日本の伝統文化ではなく、アメリカ的でもなく、ヨーロッパ的な文物を好む人がいるがその差異はなんなのかなど、食卓の後かたづけもそっちのけで話し込むことがよくありました。

## 方法としてのコラージュ

話をもう少し宮迫の美術の方に持っていきます。宮迫が一九七〇年に東京に出てきて間もなく僕は彼女に出会い、はじめて彼女の作品を見せてもらいましたが、その作品は新聞紙の上に新聞紙を貼付けたコラージュでした。

彼女はコラージュが得意でした。この点、僕と反対です。僕の方はエクリチュールというか左から右へオートマチックにデッサンを描いていくやり方で、無意識も含めた即興演奏みたいな方法ですが、宮迫はもっと慎重に考えながら取り組むやり方で絵を作っていました。この方法は生涯続けていましたね。

彼女の制作はトレーシングペーパーでいろいろな形を切り抜き、それを画面に配置してしばらく眺める。そしてそれでよしとなると色を塗った同じ形を切り抜いて貼るのです。貼らないで直接紙に描くときも、いきなり描くのではなく切り抜いた紙を置いてしばし考えてましたね。

前に言ったように、いいか、悪いか、いろいろ検討するという天秤座の振り子がここでも働いているわけです。要するに描く前に意識的に構成しないではおれないんですね。コラージュは彼女のような構成主義にぴったりの方法でした。

宮迫が上京した頃、絵の方はウィーン派のブームで、夢や物語など幻想的な絵を描くオーストリアの作家たちがさかんに紹介されていましたが、その中に一人カール・コーラップという静かな静物画や壊れた遊園地などを端正に描く画家がいて、彼女はその画家の作品が大変気に入って影響を受けていました。

その頃の宮迫の絵は呉の旧軍港を描いたものでしたが、写実的な絵ではなく、水平線のある海辺にさまざまな形の錆びたオブジェが配置されたコラージュ的作品でした。この錆びたオブジェの構成はコーラップの作品に感化されたものでした。コラージュはハサミと糊が必要でしたが、彼女は筆だけで描くときもコラージュ的な構成で描いていました。

### 文章は一級の書き手だった

僕は一九七〇年頃、アルバイトで『月刊・池袋』という小さなタウン誌の編集長をやっていました。編集者が足りないので募集したところ、やってきたのが宮迫でした。それが僕と彼女との出会いでした。『月刊・池袋』はタウン誌ですから大半は広告でしたが、僕らは記事を作っていました。表紙は宇野亜喜良、口絵は赤瀬川原平、コラムは上野昂志、平岡正明、松田政男、石子順造などの諸氏に頼んでいましたが、あるとき映画のコラムの原稿が間に合わなくなり、宮迫に「あんた書いてみない」といったら翌日、仲代達矢主演の『いのち棒に振ろう』という映画評の原稿を持ってきた。この原稿はパトスが激しいものでしたが、思った以上の出来で驚きました。

それからいろいろ文章を書いてもらいましたが、骨格のしっかりしたいい書き手でした。

一九七八年、僕は宮迫の本を作りたくなったけど自費出版する資金も無かった。しかし当時、友人だった深夜叢書の齋藤慎爾さんに原稿を読んで貰ったところ、「いいですね、うちで出しましょう」と引き受けてくれました。これが『海・オブジェ・反機能』という美術エッセイ集です。これを読んだ矢川澄子さんは僕に「凄い文を書く人ね、あなたより上だわね」と褒めてくれました。

宮迫は生涯にわたって好奇心の強い人でしたが、上京して絵描きの僕に出会ってから、いろいろな展覧会や催事を一緒に見て回りました。当時、僕は中西夏之さんと土方巽の舞台美術などもやっていたので舞踏などもよく見ていました。またパゾリーニやアントニオーニの映画、ハロルド・ピンターの実験的な演劇などにも関心をよせ、鑑賞した後にそれに対する感想や批評を深夜まで語りあうことがよくありました。

もちろん読書も熱心で、僕は参加していませんが吉本隆明の『マチウ書試論』の読書会などにもよく出席していました。かつて花田・吉本論争があり、僕はその論争の勝ち負けよりも花田清輝の『復興期の精神』の愛読者だったので花田の世界に浸っていましたが、天秤座の宮迫は両方を読んでいました。

東京に出てきた頃の宮迫は好奇心以外にほとんど無一物という感じでした。布団と少しの衣類と三十冊ほどの本。借りたアパートの一部屋には白く塗ったリンゴ箱が二つ。その一つが食卓であり原稿を書く机でした。

読書の方は上京後、シモーヌ・ヴェイユを読みふけっていました。読書にはいろいろなタイプがありますが、例えば教養としての読書、娯楽としての読書、実務としての読書、理論を学ぶ読書など多様ですが、宮迫の場合は抑圧から解放されるための読書、疑問を解くための読書、自由を得るための読書あるいは心の病院としての読書でした。

ヴェイユはミッション・スクールですり込まれたカトリック教育の抑圧から逃れるための読書であり、教会の教えよりも真実の倫理を求める道としての読書だったのだと思います。宮迫の中にも不幸の共和国みたいな倫理観があって、その頃、労働者の解放闘争がさかんだった山谷にもよく出かけていきました。

読書は他に当時「僕は二十歳だった。それが美しい年齢だとはだれにも言わせない」という書き出しで流行したポール・ニザンやボーボワールの『娘時代』、『女ざかり』、

『第二の性』などフェミニズム系を読む一方、グルニエの『地中海の瞑想』とか僕が勧めたロレンス・ダレルの『アレキサンドリア・カルテット』なんかにも熱中していました。この読書に於いても理論展開の書とポエジーに浸れる書物のあいだで振り子が揺れバランスが取られていました。つまり理論とポエジーが彼女の中で共存していました。

宮迫は大変な読書家でしたが、エンターテイメントには手を出しませんでした。前にも言ったように彼女にとっての書物は問題を解決する思考の助けであり、自分のトラウマを癒す世界への入り口でもありました。

トラウマや不条理な出来事への疑問や疎外感から解放されたいという強い希求をいつも抱いていました。

## トラウマ

宮迫は子どもの時に両親の離婚を体験して父の方に引き取られたんですが、それがまあ最初に自分の世界が崩れた経験となったわけですね。自分がよって立つ基盤が崩れたのです。自分の崩れた世界をなんとかもう一度立て直そうとするのはある意味で自然な心の動きですが、それで中学からミッション・スクールに入って、カトリックの神様に出会って、この神様に救いを求めるのですが、ま、一度はこれだと思うのですが、しかし、すぐに彼女の知性がこのミッション・スクールの良妻賢母型の女性を作ろうとするアナクロニズム教育に疑問と不信感を感じ、ついで、カトリックの教義にも不信をいだいてしまうのです。

特に「原罪」を背負っているという教義には欺瞞しか感じられなかったそうです。結局カトリックにも絶望しましたが、キンキラキンの教会の装飾性とか厳かなセレモニーなどに西欧のクラシックな美学を感じてこの点には感心していました。

僕と出会った頃、カトリックとは縁を切ろうとすれども、教会と学校から受けた脅迫観念が払拭出来ずになんとなく怯えていました。不信心になることは煉獄に落ちるとか、ナントカの火に焼かれるとか、学校で受けた教義から逃げられないところがありました。頭では判っているのに怯えがとまらないのです。「これはどうしたらいいだろうか」と相談されたので、僕は踏み絵をやればいいといいました。数冊の聖書を買ってきて床において踏んでみろといいました。で、僕は仏教徒なので何の躊躇もなく踏みました。宮迫もそれに続き、トラウマは消えました。ミッション・スクールでの六年間の呪縛は消え、憑き物は落ちた感じですが、後年『ダヴィンチ・コード』とかマリアの処女懐胎は嘘だというような本を見つけるとすぐ手に取っていましたから、その残滓はまだどこかにしみついていたのかも知れません。

## スピリチュアリティの探求へ

八〇年代の終わりに宮迫は最愛の父を癌で亡くしますが、父親は彼女と不仲だった義母が看病していたために、亡くなるまで介護も何もできなかったことを悔い、また自分が癌の末期治療に無知であった事などを大いに反省し、西洋医療的病院以外の民間療法、漢方などを取り入れた代替医療、ホリスティック医療などへ強い関心を持つようになります。いつも新たな関心事が起こると宮迫の本棚も一新します。前の関心事の書物群は消え去り、新たにスピリチュアルな本が次々並び、片端から読み出すのです。これを僕は彼女の「脱皮」と呼んでいました。

また展覧会のためサンフランシスコへ毎年のように出かけるようになり、西海岸から台頭してきたスピリチュアルなニューエージ文化のさまざまな思想にも触れるようになってきます。

東京から伊豆高原に移住するようになってから、人間だけでなく鳥や昆虫や植物の「いのち」の神秘に関心を強め、植物のいのちを育む畑を作ったり、ハーブなど薬草の勉強をしたり、新しい農業者と交流を始めたりしながら、次第に知性や理性では捉えきれない魂の存在をどう考えるのかが彼女の大きなテーマになっていきます。

人は心と身体以外に魂を持つ存在で、この世に生まれる以前も死後も魂は転生を続けていくという説に徹底してこだわり、古今東西の沢山の本を仕事の合間にいつも読み続けるようになりました。

考えてみれば「死」は命あるものにとって最大の脅威であり、「死」の恐怖さえなければ人生の最大の心配は消え去る、つまり「死」の呪縛から解放されたらどんなに素晴らしいことかと彼女はよく話していました。その突破口が輪廻転生だと前世への退行催眠を試めしたり、前世を記憶する人々の記録集を読んだり、臨死体験談を集めたりしながらよく言っていたことは「二十一世紀は唯物論を超えた文明、魂が転生していく人生観を持つことで人間は新しい次元に進むのだ」と。そして「あの世の存在は確からしいのではなく、もう確信してもいい。なぜなら古今東西の書物がみんなそう言っている。転生が確信出来れば死もまた楽しいし怖くないし、どうなるのかわくわくするよね」とまで言うようになりました。死後の意識存続を確信するためにアンドルー・ワイル、キューブラ・ロス、エドガー・ケーシー、シルバー・バーチ、ルドルフ・シュタイナーなどの著書を片端から読みあさり、関西に棲む精神科医の加藤清氏を師と仰いで毎月の勉強会に出かけ、死のプレッシャーを乗り越えようとしていました。いや、乗り越えたのだと思います。彼女は膨大な読書と瞑想などの実践を通して死後の魂の存在を確信するようになりました。

それゆえ、昨年彼女がリンパ腫で亡くなったとき、僕は悲しみではなく「ああ転生していったんだな」という羨望の気持ちも湧いてきました。もちろんもうこの世では会えないという淋しさはありますが、よくやったなとよくそこまで自分を解放していったなと感心してしまいます。

亡くなったとき本棚にシュタイナーの本がずらりと並んでいました。アトランダムに開いてみると驚いたことに、どの本も黄色いアンダーラインが引いてあり全部読破しているのです。

宮迫がまだ生きていたときのことですが、僕はアメリカのシンシア・ライラントという中年の女性が書いたスピリチュアルな童話に出会い、その素晴らしさに打たれ宮迫にも読むように勧めました。彼女もすぐシンシアのファンになり、「もうシュタイナーはいいわ、もういい」とシンシアやそれに近い童話を集めだしました。振り子が逆に動き始めたわけです。余談になりますが僕は十年ほど前から子どものための絵本を描き始めましたが、絵本はいつもの絵を描くのとはまた違った面白いものでした。僕が面白がっているのを見て、家庭内同業者の宮迫は自分もやりたい、けれども自分は絵本ではなく挿絵入りのファンタジー童話がいいなと、すっかりやる気になっていました。シンシアの本がその引き金になったわけですが、彼女が童話を書く時間はもうありませんでした。

## 女性原理と受容性

　宮迫の言説の中で大きなキーワードは「女性原理」と「受容性」だといえます。美術や文学の世界でよく「女流」という言葉がつかわれていましたが宮迫はこの「女流」という言葉にナーバスに反応し、なぜ「男流」という言葉がないのかと、はじめはフェミニズム的反応をしていましたが、そのうち「男性原理」「女性原理」という本質を観察するようになっていきました。いうまでもなく女性原理は女性のみが持つものとはかぎらず、男性原理もまたしかりでありますが、この概念の対として「受容性」「攻撃性」という言葉を連ねるといろいろな事、問題が明確になってきます。さらに宮迫は「父性原理」「母性原理」という概念もよく使っていました。

　一九八四年に宮迫は『《女性原理》と「写真」』という現代写真論を出版していますが、その中に男性原理と女性原理の比較差異を次のように書いています。

《男性原理》は《世界》に生きるべき意味を付与するが、《女性原理》は《世界》から生きるにふさわしい価値を付与される。

《男性原理》は認識を演繹的に構築する弱点によって奇形であり、《女性原理》は帰納的に認識を深化させる弱点によって奇形である。
《男性原理》は《世界》を異化する自由を持っているが、《女性原理》は《世界》に同化される自由を持っている。
《男性原理》は全体のために例外があるといい、《女性原理》は例外のために全体があるという。

宮迫的振り子運動が活性化しているこのアフォリズムはまだ続くのですが、男権社会への批判とともに理論的なフェミニズムへの批評とも受け取る事ができて興味深いものでした。

美術においても理論に貫かれた言語表現を基盤とする男性原理的アート観に対して、非言語あるいは無意識的感性を基盤とする女性原理的アート観というものを対峙するという対比で、宮迫は自分の絵画表現を捉えていました。もちろん宮迫の絵画は後者です。

## ファザーコンプレックス

両親が離婚したあと、宮迫は母親がいませんでした。祖母がめんどうをみてくれたそうですが、母とは違うものでした。父親のほうは再婚しましたが、前に述べたように宮迫は義理の母とも折りあいがつかず、結局一人で暮らすようになりますが、父はいつもなにかと心配してくれたようです。宮迫の方もずっと父を好いていました。

　しかし父の愛は男性原理的で、母のように抱きこむのではなく、いつも自立を求め、離れて励ましていたようです。その結果、学生時代からアルバイトに精をだし、自分の生活はすべて自分でまかなう暮らしをしていました。しかしいつも離れていても父が見守っていることが心のよりどころでした。

　宮迫は常に何事も一人でやる事が人生のモットーでしたので、ある意味では早くから男性原理を身につけたようです。それゆえ大学では国文科でしたが卒論には『源氏物語』などは選ばずに、『徒然草』を選択していました。宮迫の父親は詩をかいていましたが、宮迫はそうした文学的な父が自慢でした。僕は彼女の父親の詩を読んでいませんが、彼女が芸術家になったのは、その文学的な父のＤＮＡのなせるわざかもしれません。

　ファザーコンプレックスだった宮迫にとって僕はマザーでした。彼女が僕とつき合うようになったのは、僕がマッチョな男ではなく、人の話をよく聞く受容性をもっていたためだと思います。僕は絵描きでしたが理論的な絵画ではなく感性的な絵を描いていましたし、一緒に暮らすようになってから僕は彼女に料理を教えたり母親のようなことをしていた面もありました。じつは僕は料理することが好きで若い頃フレンチのコックの修行を三年間やったことがあるのです。

いつだったか宮迫は「前世に退行する催眠のセッション」のようなものに参加したのですが、その中で、インドに暮らしていた過去生があって、僕はそのインド時代彼女の母親だったと言っていました。（笑）

## 対話しつづける暮らし

宮迫と僕はとにかくよく話しました。食卓で、庭のテーブルで、ベランダで、歩きながら、電車の中で暇さえあれば会話だったり、対話だったりして話続けていました。僕が彼女に質問するよりも、宮迫が僕に「どう思うか」と聞く方ががぜん多かったですね。

朝起きてまだよく目が覚めていないのに、「ね、ねこれこれだけどどう思う」とはじまるんです。朝は大体夢の話が多いんです。

「お父ちゃんがさ、黒い犬を連れてきたんだけど、これってどういう意味かな」とはじまる。「どういう意味って言っても夢見たのはそっちじゃないか、自分で考えろ」と答えても後へは引かない。「何かの予兆かな」「あなたはちゃんと答えないけど、何かを感じたでしょう。それを言ってみてよ」「うーんそのうち判るんじゃないの」とこちらもいいかげんにかわします。

でもこの夢は宮迫のいとこの息子からの電話で答えが出ました。アメリカのシアトルにいるいとこの息子が黒い小犬を拾ってきたのです。「あっこれだ。シンクロニシティだよね」とよろこぶんです。そしてその黒犬は「あの世犬」と呼ばれました。

宮迫はいつしか理性や知性を超えたシンクロニシティの不思議や運命の驚異に夢中になるようになりました。

## 共同生活の意味

宮迫は女性はこうあるべきとか学生はこうでなければ、というような人をある形にはめてしまうような見方にはいつも批判的で、何ごとも自由でありたいというのが人生のモットーでした。それで僕は宮迫と一緒に暮らすことになったとき、妻とか家とかという役割に縛られないようにしようと話し合いました。

もし妻という形になると谷川家の冠婚葬祭のすべてに関わらなくてはならなくなる可能性があります。もちろんそんなことは無視できますが、それなりの非難も言われかねません。そんなめんどうは避けるため、結婚ではなく二人の画家の共同生活という形にして、お互い相手方の冠婚葬祭は出ないですむようにしました。

形はどうであれパートナーとして気があうので、一緒に暮らすことは相互に気持ちが活性化しいい仕事ができると思いました。

僕はもともとドメスティックな人間なので、炊事も洗濯、掃除なんでもやってました。ソーイングはちょっとだめですが、だから「妻」はいらないんです。

とにかく相手を一人の表現者として自由にいられるようにということを僕は心がけていました。いい仕事をして、仕事が終わったら友人として遊ぼうと。

僕の父親の介護の時期にも宮迫には極力めんどうはかけないようにしましたが、でも見かねて手伝ってくれることも少なくなかったですね。

絵描き同士が結婚することはよくありますが、たいていは女性の方が絵をやめて奥さん専業になってしまう例が多いんですね。僕は彼女を犠牲にしたくはなかったので、共同生活という形を守りました。

## 言葉と絵

絵を描くとき僕は考える前に手が動き出すオートマティックな方法ではじめることが多いんです。つまり意識より無意識の方が大きいのです。しかしあるとき、もっと意識を働かせて言葉をもっと吐くようにしなければと反省しました。

以前、宮迫に「僕はこれから言葉のような絵を描きたい」といったら、「私は逆だ。絵のような言葉を書きたい」というんですね。僕は「それは詩だな」といいましたが、それほどいつもベクトルは反対方向をむいていることが多かったのですが、共同生活を続け、喋り続けているうちに相互にだんだん近づいていきました。

伊豆高原で暮らすうちに宮迫も僕もこの土地の環境に感化されて絵画表現も言語表現も変化してきました。僕の絵画はアニミズムに傾斜していき、宮迫の絵画は南志向を強め、マチス的な明るいコラージュが多くなってきました。

宮迫の言語表現も、なになに論みたいなものは少なくなり、暮らしの中で感じたことを書く日記のような文が増えてきました。

絵を描いて、展覧会をして、畑を耕し、散歩をして、サルサを踊ったり、素人バンドに加わって歌ったり、流れ星を見たり、海にでかけたり、彼女に言わせるとわくわくする日々を送ることが次第に多くなっていきました。

宮迫は多くの表現者のように、賞が欲しいとか、もっと有名になりたいとか、という上昇志向は無く、いつも淡々としていました。まあ、書いた本がもっと売れて印税が多いといいな、とか、個展の時にはもう二、三点売れないかなとは言ってましたが。

彼女は自分の芸術を特権的には捉えていなかったですね。以前から、民芸とか雑貨ようというかがらくたを集めていましたが、そういうものと自分の作品を大差のないように捉えていました。雑貨というと以前はザルとか鍋とか荒物屋で売っているものでしたが、今はささやかだけど、暮らしにアクセントをつけてくれるような、おしゃれな小物やスパイスの効いたかわいいものなどがあって、集めたくなる気持ちはわかります。「神は細部に宿る」という言葉がありますが、雑貨には確かに神が宿り、創作の励みにもなるんですね。

彼女は自分の作品も人に気に入られる雑貨のようでいいんだと思っていました。だから芸術至上主義などは縁もゆかりもありませんでした。病気になって言ったことは「私の作品は私が死んだら処分していいよ」ということでした。このときはまだ僕は、死ぬのは歳が上のこちらの方だと思っていたので、彼女が先にいなくなるなんてことに、リアリティはありませんでした。

彼女が先にいなくなったいま、せっかく生涯をかけて作ってきたものなのできちんとして保存しようと息子と話しています。

宮迫は暮らしの中でアートを作ってきたというか、生活と創作、そして思考が混然一体というところがありました。暮らしそのものが、生きることそのものがアートであるようなスタンスでしたね。暮らしの中でアートを感じているところが僕も共感したところでした。

これが芸術至上主義になってくると暮らしなどは家来、多くは奥さんにまかせ、ひたすら描くために生きているというエキセントリックなスタンスになるわけですよ。

近代画家の伝記などに、よく家も家族も顧みないで、命がけで描いているいわゆる天才が出てきますが、宮迫はその手の天才は嫌いでした。

## 懐かしさと喪失感

宮迫が亡くなってしばらくの間、不思議な事に僕は悲しみではなくある種の躁状態になりました。もちろん悲しいのだけれど、ああいいパートナーに出会ってよかったと言う幸福感にも満たされていました。その躁状態はお通夜と告別式のときまで続いて、参列者は僕の挨拶を聞いてわーっと笑いました。ある人から葬式で笑いを取るようなスピーチをはじめて聞いたよといわれました。

このとき僕は宮迫の遺稿集『楽園の歳月』のあとがきに書いた銀杏の話をしたんです。

あるとき、電気の配線が不具合だったので、天井裏をのぞいたら、梁の下に銀杏の実がピラミッド状に三段に積まれていました。家の近くには、実際に歩いて調べたんですが、どこにも銀杏の樹はないし、天井裏にはねずみなどの動物が入れる余地はなく、隙間もない。いったいなぜ銀杏がきれいに積まれていたのか、誰がやったのかさっぱりわからない。そもそもそんなことは不可能なことなんです。不思議な事があるもんだと思って、宮迫にそれを言ったんです。宮迫はすぐに天井裏を覗いたんですが、そのとたん彼女の想像力のアドレナリンは全開して、第一発見者の僕を差し置いて「これをネタにファンタジーを書くけーねー、誰にも言うたらあかんよ」と広島弁で叫んだんです。

本当に彼女はそう叫んだんです。で、この話を葬式でやったら参列者がわーと笑いました。ですから大事な連れ合いを亡くしてさぞ谷川は悲しんでいるだろうと深刻な感じで葬儀に来て下さった人にショックを与えてしまったかもしれませんね。

ただ前に言ったように宮迫は死後の世界について沢山の本を読み、死後の意識存続を確信していましたから、自分の死を怖れてはいませんでした。むしろ死後について興味津々という感じでした。本人のそういう死に対する肯定的な考え方が、後にのこったものに与える感情は大きく、救いにもなりました。

でもいまはときどき急に懐かしさがこみあげてきます。

なんでもないつまらない事が、懐かしくもう一度味わいたくなります。例えばコンビニの駐車場でおにぎりを二人で食べたことなど、何でもないことを逆にもう一度やれたらなとしみじみ思ったりしています。

とにかく僕はこれから宮迫のような面白い同業者に出会うことはまずないだろうなという気持ちです。つまり普通は仕事とオフがあるでしょう。でも僕らは一緒に住んでいるので仕事もオフもなく、いつも笑って喋っている。相手が何か仕事中でも「あのさ」で話がはじまる。お互い邪魔になるよりも何か言うと、リアクションが面白いのでやめられない。ということがよくありました。

はじめの頃はお互い理解できないことも多く、溝も広く開いていましたが、長い間に落差も小さくなって喧嘩も少なくなり、笑ったり、お茶を楽しんだりすることが日常になっていました。

＊本書は、一九八八年四月に河合塾千種校で行なわれた宮迫千鶴氏の講演「私の描く世界」の内容をもとに作成したものです。本講演を河合ブックレットにする計画は生前の本人の了承を得ていましたが、偶然のタイミングで二十年の間そのままになっていました。二〇〇八年六月の宮迫氏の没後に、彼女の遺品の中から初めて本人の手のはいったこの講演原稿が谷川晃一氏によって発見され、今回ようやく日の目を見ることになったものです。
宮迫千鶴という稀有なアーティスト、エッセイストの人柄と思想について、夫であり画家である谷川晃一氏に、宮迫氏の講演では具体的に語られなかった一九七〇年の二人の出会いから二〇〇八年までの時間を中心に解説をお願いしました。なお、本解説は、二〇〇九年一月三十日に伊豆高原の谷川氏の自宅で編集部がインタビューしたものです。

河合ブックレットは、創刊号から谷川晃一氏に装丁をいただいております。今回は宮迫氏のコラージュとカットを使って、装丁していただきました。（編集部）

**著者略歴**

**宮迫　千鶴（みやさこ　ちづる）**

1947年、広島県呉市に生まれる。

1970年、広島県立女子大学文学部卒業。

大学卒業と同時に広島より上京、独学で絵画制作を始め、谷川晃一と出会う。その後画家、評論家、エッセイストとして活躍する。

1988年、東京より伊豆高原に転居。伊豆の自然に触れて後、それまでの分析的鋭角的思考から解放されて、穏やかでスピリチュアルなものに注目するようになり、絵画やエッセイの作風もよりナチュラルで自由なものに変わる。

2005年、練馬区立美術館で田島征三、谷川晃一と三人展。この展覧会で回顧的な作品展示を行なう。

2008年6月、悪性リンパ腫のため死去。

**主な著書**　『海・オブジェ・反機能』（深夜叢書）、『ママハハ物語』（思潮社）、『イエロー感覚』（冬樹社）、『ハイブリッドな子どもたち』（河出書房新社）、『海と森の言葉』（岩波書店）ほか多数。

**アートを通した言語表現**　——美術と言葉と私の関係

2009年5月20日　第1刷発行

著者　宮迫千鶴©
装幀　谷川晃一
発行　河合文化教育研究所
〒464-8610　名古屋市千種区今池2-1-10
TEL　(052)735-1706(代)
発売　㈱河合出版
〒151-0051　東京都渋谷区千駄ヶ谷1-25-2
TEL　(03)3403-9541(代)
〒464-8610　名古屋市千種区今池2-1-10
TEL　(052)735-1575(代)
印刷 製本　㈱あるむ

ISBN978-4-7772-0460-1

1 マザコン少年の末路
●女と男の未来(増補版)
上野千鶴子

「マザコン少年」という日本的現象の背後に横たわる母子密着の病理を通して、女の抑圧の構造を鮮やかに切り開く。本文の「自閉症」の記述についての抗議に対する新たな付論つき。(解説　青木和子)

680円

2 科学とのつき合い方
高木仁三郎

起こるべくして起きた史上最悪のチェルノブイリ原発事故。巨大化した現代科学の実態と危険性を証し、これにどう向き合うかを、科学者の良心と知恵をこめて語る。(解説　中島眞一郎)

400円

3 現代文学はどこで成立するか
北川　透

言葉のパフォーマンスによって近代文学の挫折をのりこえようとする現代詩。その可能性を、グリコ森永事件やコマーシャルコピーから展開した全く新しくユニークな文学論。(解説　山田伸吾)

400円

4 ディドロの〈現代性〉
中川久定

十八世紀ヨーロッパの近代的知の光の中で、その全領域に関わりながらも、周縁＝闇の復権をめざして早くも近代を超える新しい〈知〉を創出していったディドロの思想を考える。(解説　牧野　剛)

400円

5 境界線上のトマト
●『遠雷』はどこへ行くか
立松和平

「遠雷」「一寸法師」など、異空間異文化間の境界と交渉をモチーフとした物語の解読を通して、文化の活性地点としての境界線上から、日本社会の内なる解体の行方を問う。(解説　茅嶋洋一)

400円

(表示価格は本体のみの価格です)

11 人と人とのあいだの病理　木村　敏

分裂病、対人恐怖症等〈自己〉の保全に関わる危機の原因を自己と他者との〝あいだ〟に探るという独自の方法を通して、西洋近代の実体的自己に換わる全く新しい自己像を打ち出す。（解説　八木暉雄）

680円

12 幻の王朝から現代都市へ ●ハイ・イメージの横断　吉本隆明

著者近年のテーマであるハイイメージ論を駆使して古代史の謎を洗い直すとともに、自然史的発展を越えて進む現代都市の構造をも鋭く解析した、画期的にして壮大なイメージ論。（解説　鈴木　亙）

500円

13 ミミズと河童のよみがえり ●柳川堀割から水を考える　広松　伝

渇水、水道汚染、地盤沈下――現代の深刻な水危機の中、行政と住民一体の堀割再生という柳川の奇跡的な実践を通して、いまこそ水とつき合い水を生かすことの重要さを訴える。（解説　坂本紘二）

750円

14 映画からの解放 ●小津安二郎「麦秋」を見る　蓮實重彦

映画の文法に亀裂と破綻を呼びこんでいった「小津映画」という事件を通して、共同体が容認する物語＝イメージの抑圧からいかなる解放が可能かをスリリングに解き明かす。（解説　石原　開）

680円

15 言葉・文化・無意識　丸山圭三郎

ソシュールの原典の徹底的読みと検証を通して実体論的言語学を根底から覆した著者が、言葉が主体を離れて自己増殖をとげる深層意識に光をあて、〈文化〉発生の磁場を探る。（解説　山本　啓）

680円

## 河合ブックレット

**16　近代をどうとらえるか**　三島憲一

マルクス、アドルノ、ハイデガー、リオタールなど、これまでの近代批判の諸類型の考察と再検討を通して、近代を越える独自の道を近代の力の中に模索した意欲的な脱近代論。（解説　高橋義人）

680円

**17　ファッションという装置**　鷲田清一

世界という意味＝現象の中から〈私〉という存在はどのように析出されその輪郭を際だたせていくか——身近なファッションから思いがけなく存在の謎に迫った刺激的なモード考。（解説　竹国友康）

750円

**18　小田実の英語50歩100歩**　小田　実

●「自まえの英語」をどうつくるか

美しい英語よりも「自まえの英語を」——さまざまな英語体験をもった著者が大胆かつ明快に語る英語学習の核心。「思考のふり巾を広げる」ことをめざしたユニークな外語教育論。（解説　古藤　晃）

505円

**19　古代史は変わる**　森　浩一

古代史研究に常に斬新なゆさぶりをかけ続ける著者が、河内というローカルな地点を切り口に、古代日本の謎に満ちた姿を縦横に語った古代史研究の面白さと意味を満載した本。（解説　井沢紀夫）

505円

**20　ペシャワールからの報告**　中村　哲

●現地医療現場で考える

アジアの辺境ペシャワールでらい治療に携わる医師が、異文化の中で生き学びながら、上げ底の海外援助を問うとともに、医療とは何か生きることとは何かを原点から問い直す。（解説　福元満治）

505円

21 半生の思想　最首悟

現実の矛盾とねじれをどこまでも生き抜く方法としての〝中途半端〟の思想を通して、大学闘争、水俣、科学、自己、と近代の軸に関わる問題に生活の深みから迫ったユニークな思想論。（解説　大門　卓）

505円

22 ヨーロッパ史をいかに学ぶか　阿部謹也

独自の西洋中世史研究で名高い著者が、自らの足許と異文化とを往還的に照らし出す作業を通して、ヨーロッパという異文化が投げかける意味と光を重層的に読み開いた魅力の書。（解説　柴山隆司）

750円

23 世界のなかの日本映画　山根貞男

映画を作る側と観る側の境界線上に身を置き、その独自の評論でどちらの側をも挑発してやまない著者が、映画を純粋に映画として観ることの輝きと豊かさを、愛をこめて語る。（解説　石原　開）

680円

24 世紀末世界をどう生きるか
●「新右翼」の立場から　鈴木邦男

日本的エートスにこだわりながら「言論の自由」を貫徹するという、民族主義・近代主義の両方を乗り越えた著者が、混迷の度を深める世紀末世界を若者を軸に明快に読み解く。（解説　牧野　剛）

680円

25 海から見た日本史像
●奥能登地域と時国家を中心として　網野善彦

「日本島国論」「稲作中心史観」の上に成立してきた従来の日本史像を、海によって栄えた奥能登・時国家への実証的研究と厳密な調査によって転換し、真の日本史像を構築する。（解説　外　信也）

680円

## 河合ブックレット

26
### なにが不自由で、どちらが自由か ●ちがうことこそばんざい
牧口一二

「障害」を個性だと捉える著者が、松葉杖とじっくりつき合いながら、「障害者」であることの豊かさをバネに生きることの意味を根底から問い直した、心暖まる自己変革への招待状。（解説　趙　博）

680円

27
### 〈市民的政治文化〉の時代へ ●主権国家の終焉と「グローカリズム」
今井弘道

ポスト主権国家時代の社会を作る新しい「市民」とは何かを、現代の世界状況と官僚主義国家日本近代を貫いた民衆意識の鋭い分析を通して初めて正面から論じた鮮やかな市民論。（解説　角倉邦良）

825円

28
### 歴史のなかの「戦後」
栗原幸夫

戦後文学の意味の徹底吟味を通して日本社会の上げ底のいまを問うと同時に、過去と他者への二重の想像力を媒介に世界と〈私〉との生きた交通をめざした、新しい「戦後」論考。（解説　池田浩士）

680円

29
### からだ・こころ・生命
木村　敏

西欧近代の実体的自己像を、独自の「あいだ」理論によって決定的に乗り越えた著者が、自己と環境の相即・境界に光をあて、前人未踏の「こと」としての生命論を展開する。（解説　野家啓一）

750円

30
### アジアと出会うこと
加々美光行

自らの内なるアジアを手がかりに中国・アジアの人々の希望と痛みを共有し、非西欧世界近代の意味を改めて問い直すことを通して、飢餓と戦争を越える新しい世界への道を探る。（解説　江藤俊一）

750円